PLEGARIA POR UN PAPA ENVENENADO

colección andanzas

Obras de Evelio Rosero
en Tusquets Editores

EVELIO ROSERO
PLEGARIA POR UN PAPA ENVENENADO

TUSQUETS
EDITORES

Diseño de la colección: Guillemot-Navares
Reservados todos los derechos de esta edición para:
© 2014, Tusquets Editores México, S.A. de C.V.
Avenida Presidente Masarik núm. 111, 2o. piso
Colonia Chapultepec Morales
C.P. 11570, México, D.F.
www.tusquetseditores.com

1.ª edición en Tusquets Editores España: enero de 2014

ISBN: 978-84-8383-802-0

1.ª edición en Tusquets Editores México: enero de 2014

ISBN: 978-607-421-530-4

Impreso en los talleres de Litográfica Ingramex, S.A. de C.V.
Centeno núm. 162, colonia Granjas Esmeralda, México, D.F.
Impreso en México – *Printed in Mexico*

Índice

Plegaria por un Papa envenenado

I

—Adónde vas, Albino Luciani, te hablan las piedras. Adónde vas, padre Luciani, ¿no nos escuchas? No te hablan las piedras, te hablan las prostitutas de Venecia, tus desconocidas.

—¿Desconocidas? Una vez tus ojos voltearon a mirarme, en esa esquina de Feltre, mi aldea: desaparecías de la mano de tu madre —camino del Seminario, a tus once años. Yo también te miré, empinada detrás de mi ventana, desnuda: tres años mayor que tú —y ya metida en estos dulces pero amargos menesteres, tú un niño, padre Luciani, y qué sonrisa, la sonrisa milagrosa que jamás te abandonaría. Ibas al Seminario, ese negro y húmedo edificio —proverbial nido de clientela: pensé que tarde o temprano te desnudarías conmigo, en Feltre o en la luna, como todos hicieron aquí en Venecia desde mucho antes de mi vejez inconclusa, pero jamás, padre Luciani, te desnudaste conmigo ni con ninguna.

—Eras el único y último sacerdote en cuerpo y alma que quedaba sobre la tierra.

—Y ahora estás con nosotras, Albino Luciani: tus cincuenta y siete años a las puertas de la ciudad de agua, oh gran nuevo Patriarca de Venecia, Patriarca esplendente, recién investido este 15 de diciembre de 1969, ungido de Espíritu Santo, a nueve años de convertirte en Papa, y sin saberlo, padre Luciani, sin todavía saberlo —para no aterrarse!

El Patriarca de Venecia no permite que lo carguen como a santo de madera y lo trasladen delicados en volandas y lo icen a la negra góndola: él mismo camina sobre sus mismos pies: soy dueño de mis pies y mi cabeza, si Él lo permite, y se recuesta en el sillón acojinado, y contempla las aguas de un azul oscuro, el líquido callejón que lo llevará flotando al Palacio del Patriarcado, al lado de la basílica de San Marcos.

Once años antes, recién nombrado obispo de la diócesis de Vittorio Véneto, no quiso habitar el lujoso apartamento que le ofrecieron sino que prefirió el vetusto castillo de San Martino —rezo y lamento de siglos, memoria de brujas mártires y de herejes que no lo eran.

Ahora, ya Patriarca de Venecia, tendrá que plegarse al Palacio del Patriarcado, pero rechazó el desfile de góndolas engalanadas que le tenían preparado a su llegada, no toleró las bandas de música ni las jóvenes danzantes ni las rosas flotando a su paso por la ciudad de agua. Así lo vieron los que todavía creen, los de la fe: a lomos de la negra góndola, vestía la negra sotana como el humilde cura de la más humilde parroquia, sin distintivo. Así, sin ninguna pompa, hizo su arribo.

—Pero antes de subir a la góndola oscura, padre, has volteado a mirarme otra vez como hace años, como si me reconocieras, y veo tu sonrisa igual, como de niño.

—Tu sonrisa nos acaricia a todas, de pie contra los muros de la casi primavera, contemplándote divertidas este día de febrero. Ya es famosa tu humildad, padre Luciani, visitador de enfermas, de prisioneras, un hombre íntegro, échanos tu bendición, nosotras también te la echaremos, somos tus Magdalenas, sabemos que te inquietas por nuestra vida, por nuestra buena y digna hambre, pero nunca jamás por nuestros ombligos y nuestras rodillas.

—Los demás sacerdotes tampoco se inquietan por nuestras rodillas, padre.

—Ya ninguno nos visita, como antaño.

—En realidad los religiosos visitantes fueron siempre minorías.

—A sus grandes mayorías desde hace milenios les dio por enquistarse en una cofradía, padre. Una cofradía del *gusto*.

—Sabemos de su gusto pérfido, que los distingue del mundo pero que a ellos los unifica como un estigma, *el santo y seña.* Se entienden desde hace milenios,

15

no necesitan hablarse para reconocerse y defenderse y disfrutar su gusto hasta la muerte.

—El estigma de su gusto es como el fuego ondeante, avisa con su calor desde las pupilas.

—Es su taimado infierno.

—Por eso cuidamos de nuestros niños, padre. También las prostitutas tenemos hijos.

—Ni siquiera de nuestras niñas cuidamos tanto como de nuestros niños, que suelen ser para estos curas manjares de los más apetecidos.

—Ay curas universales!

—Pues tampoco pagan por los frutos recién nacidos que se chupan como vampiros —si por lo menos pagaran, padre! Ni con monedas ni con sus vidas.

—¿Por qué siendo nosotras tan tórridas, tan lúbricas, no recurren a nuestras caricias?

—Ay estos curas universales y su enfermedad de siglos! Tienen que estar enfermos, padre, y lo decimos con miedo y vergüenza, no se puede tapar el sol con un dedo, ¿o sí se puede?

—Nos será fácil guiarte a la basílica de San Marcos, si tú dejas, padre; podemos entrar contigo a la basílica cuando queramos, ya estamos dentro, somos las vírgenes y santas, las angelicales hembras de rubios cabellos, albos senos, sexos como pequeños bosques de mirra, somos las celestiales sibilas, las hechiceras aladas que alumbran en los antiguos lienzos, sus rosáceos rostros glorificados, pero nuestros cuerpos son más bellos —porque estamos vivas, padre, repletas de sangre por dentro, de sangre caliente, de leche, nuestras bocas son más rojas y preciosas porque llevan aliento, padre Luciani, podemos hablar contigo sin la muerte de por medio.

—No ores a solas, escúchanos!

—Vendrá a visitarte a Venecia el Papa Pablo VI!

—Te abrazará en público, te investirá con su estola, te señalará!

—Será en la plaza de San Marcos: veinte mil fieles!

—El rubor aparecerá en tu rostro, pobre padre Luciani, no sabes, no imaginas, no sueñas qué vendrá.

—Si quisieras escucharnos podrías eludir el destino: algunos hombres lo hicieron, tú no.

—Ah Patriarca de Venecia!

—Irás como peregrino a Portugal, a la clausura de Coimbra. Allí sor Lucía Dos Santos, la vidente de Fátima, tendrá una audiencia contigo.

—Nadie sabrá de qué hablarás con ella, pero sí se sabrá que sor Lucía te saludará como Santo Padre.

—La casi santa te advertirá de lo mismo, serás el primer Papa nacido en el siglo XX.

—Serás el primer Papa con dos nombres.

—Pero no el primer Papa envenenado, padre Luciani, no el primero.

—Morirás envenenado a los treinta y tres días de tu pontificado!

—Te lo advertirá sor Lucía a sus ochenta años, allá en su místico encierro, la vidente Lucía, vidente como nosotras, pero ah, hoy nosotras estamos más cerca de

17

ti, somos de sangre, escúchanos, padre, te prevenimos con nuestra viva voz, escúchanos!

Albino Luciani, Patriarca de Venecia, reza solo en la basílica.

Una pregunta lo aleja de su oración —pero lo acerca a otra igual de respetuosa, una oración de invocación: ¿en dónde habita el cuerpo de San Marcos? Es un recién llegado, su primer recogimiento a solas como Patriarca en la basílica, ¿en dónde el cuerpo de San Marcos?, antes, cuando visitó Venecia, nunca se lo preguntó. Oro y mármol alrededor, nichos profundos, mosaicos, las caras angustiadas de los doce apóstoles, allá la Virgen María, allá San Juan, ¿en dónde habita el cuerpo de San Marcos? Columnas infinitas, más oro, el mármol esplendece como hielo, más frío, ¿en dónde palpita tu corazón, San Marcos?, ¿en el atrio?, allí, detrás de las pilastras sirias, tres losas de mármol rojo indican el lugar en que Federico Barbarroja se reconcilió con el Papa Alejandro III; encima de tu cabeza mosaicos de oro y vidrio, en cada cúpula; la pala de oro llamea detrás del altar mayor, fulgen los esmaltes de su retablo; en la vasta penumbra distingues la sombra desbocada de los cuatro caballos de cobre dorado, los cuatro caballos que hicieron las industriosas manos de Lisipo cuatrocientos años antes de Cristo, los fulgurantes caballos piafando en la galería de la basílica, brotando verdosos de entre la niebla, traídos desde Constantinopla, un botín de guerra en la Cuarta Cruzada, un botín que repitió Napoleón muchos años después, un despojo recuperado gracias a Dios, avanza sobre él la sombra de cobre de los caballos, ¿en dónde habita el cuerpo de San Marcos?, la sombra equina tiembla y se agiganta en la luz enorme de los cirios, el oro crece alrededor, oscuro, espeso, fundiéndose en el frío, es la noche, todo en la basílica se recoge, en dónde estás, San Marcos, dónde estás.

Para orar Albino Luciani eligió cualquier lugar. Ya arrodillado pensó demasiado tarde que debió elegir el rincón venerado cerca del altar, ante el bloque de granito que se trajo desde Tiro hace más de muchos años —porque desde su cima habló Jesús a la muchedumbre: allí lo ve, vetusto y solo, árido bloque, más oro alrededor, cuánto mármol, cuánto frío, el Patriarca refriega sus manos ateridas, piensa en la pobreza, el hambre: él viene del hambre, de la pobreza, las bellas desnudas lo rodean, conmiserándolo, somos las prostitutas de Venecia, somos las piedras, las piedras viejas y las piedras jóvenes, algunas casi enamoradas de ti, pero él no las ve, sólo ve las vírgenes sonrosadas de ojos líquidos que lo miran: No atiendas al diablo, Patriarca Luciani, sigue rezando!

II

Te odian todavía dos sacerdotes, padre Luciani. Fueron los primeros en odiarte —sin que jamás te hayan amado, como suele ocurrir.

El primero de ellos sube reptando las escaleras del castillo de San Martino, sube sinuoso y húmedo, el largo cuello pálido estirado, el vientre hundido a ras del mármol, sube en busca de Luciani, sube desde el infierno: el fastidio lo sobrecoge, se enciende su ojo torcido, frunce la nariz enrojecida, pliega el labio leporino, sube desde hace siglos, sube en busca del todavía obispo Albino Luciani —que atiende los asuntos de su diócesis en la sobria oficina: los vidrios de las ventanas se recubren de un vaho de hielo como invisibles cuchillos que anuncian la llegada del visitante.

Es el año de 1962, y todavía faltan a Luciani 7 años para convertirse en Patriarca de Venecia, y 16 para ser Papa, y exactamente 16 años y 33 días para que sor Vincenza lo encuentre muerto —un amanecer de septiembre de 1978, a los 66 años de edad.

Hoy, a pesar del caluroso agosto de 1962, el frío que corta se desprende del cuerpo del sacerdote que avanza, torturado, desde lo profundo, en busca de perdón.

—Padre —se oye remota su voz.

Se ha derrumbado como sombra enroscada en una esquina. Desde allí se oye su voz como dividida en dos acentos, blanco y negro, la voz repta por las baldosas antiguas y sube por el pesado escritorio negro, hace un rodeo ante el crucifijo de madera, pasa por encima de la pluma estilográfica, se unta en su punta de tinta oscura por todo su cuerpo, y al fin suena, el mismo sacerdote se oye complacido, relamiéndose:

—He venido a confesar mi culpa, reverendísimo Luciani, dignísimo obispo del Véneto. Busco otra vez la Salvación que sólo tuve cuando niño.

Y, después de un silencio implorante, porque no hay respuesta:

—Un pecado más grande que el sol pesa en mis hombros.

Y, más tarde:

—Compadézcame!

Y, como el jugador de ajedrez que esgrime un definitivo movimiento sobre el tablero:

—Recuerde su eminencia cuando aceptó la posesión de esta diócesis: dijo en su homilía que el Señor toma a los pequeños del fango de la calle y los pone en alto: toma a la gente de los campos, de las redes del mar, del lago, y hace de ellos apóstoles. Usted dijo que ciertas cosas el Señor no quiere escribirlas ni en el bronce ni en el mármol sino en el polvo, de modo que si queda la escritura sin descompaginarse, sin dispersarse por el viento, todo es obra y mérito del Señor, y que en ese polvo, en usted, eminencia, Dios había escrito la dignidad episcopal. Yo soy polvo también, padre Luciani, corrupto y despreciable, y sin embargo arrepentido. Soy polvo que ruega auxilio del polvo elegido por Nuestro Señor.

Y, después, porque el silencio permanece vivo:

—Mi fuerza no puede con un peso del cual yo mismo soy parte. Ah, es doloroso contar el dolor! Busco en la noche íntima la Llave de la Luz, y no me es posible orar, padre. Ya no puedo rezar.

Otro silencio enterrado.

—Pero es el Señor, en su Dulcísima Esperanza, quien esta mañana rozó mis párpados y me despertó, es el Señor quien me ha increpado: «Ve en busca del probo Luciani, cuéntaselo todo, y haz lo que él diga, cumple la penitencia que sólo él imponga. Sus palabras serán Mis Palabras, su voz será Mi Voz, sus órdenes serán las Mías, ve a él y obedece».

Otra vez el silencio. El frío congela la habitación, los vidrios de las ventanas son ya pequeños témpanos. Por fin se oye a Luciani:

—No creo que mi voz sea Su Voz, y mis palabras Sus Palabras.

Otro silencio.

Dice Luciani:

—De Dios sólo soy su humilde servidor, igual que usted, padre.

Y:

—Por eso mismo voy a escucharlo. Le ruego que

se levante de ese rincón, ¿o acaso quiere que lo acompañe?

—Sí. Acompáñeme! —La voz festeja burlesca como un reto su inesperada proposición.

Pero Luciani va y se sienta a su lado en el negro piso, la espalda contra la fría pared. Los zapatos negros de Luciani, grises de tierra, resquebrajados, colindan con las dos pezuñas hendidas, la efigie de un sacerdote todo cubierto de pelos como espinas, los labios mojados en baba espesa, su aliento huele a agua pútrida, el rostro es granítico; en una de sus garras muestra una rana roja que palpita como la sangre y en la otra un cuervo blanco que aletea: la rana y el cuervo desaparecen y reaparecen convertidos en dos cirios negros, encendidos.

—Hemos pecado, padre —se oye la voz hendida, muy cerca de Luciani, a su oído—: Hemos robado. Hemos robado mi compañero y yo, otro sacerdote de mi parroquia.

»Y no voy a mencionar su nombre porque temo que su afligido corazón escuche y muera sólo de saber que acabo de confesar al recto Luciani nuestra culpa.

»Hemos robado, padre.

»Y... esto es lo más abyecto, lo sacrílego: hemos robado a los pobres.

»Hay en toda esta repugnante historia palabras que nosotros, sacerdotes de Dios, ni siquiera conocíamos: así de pura es nuestra inocencia! Se nos señala como aliados de un vendedor comisionista que especula con

24

propiedades inmobiliarias: qué triste, qué vergonzoso traer a este recinto palabras semejantes! Tentados por el vendedor, un hombre que pensábamos correcto, temeroso de Dios, ¿o una oveja sin mayor información?, ¿o la serpiente?, ¿un inocente?, ¿cómo podríamos saberlo?, en todo caso tentados por sus mundanas palabras, pero únicamente, y esto es sagrado, buscando la riqueza terrenal en bien de la parroquia, sus despojados, los lisiados, los sordos y los ciegos y también los descarriados, nuestros castos oídos lo oyeron, le creyeron nuestros cándidos corazones, y, desde el principio hasta el fin, seguimos sus pasos, sus deshonestas ¿o ingenuas? indicaciones.

»El resultado, padre Luciani, y qué oprobio oír de mis propios labios, aquí, esa palabra, esas cifras, una estafa, padre, de dos mil millones de liras que pertenecían en su mayor parte a modestos ahorradores de la comarca, nuestras indefensas ovejas expuestas al lobo de la ambición!

»Esa fue nuestra afrenta, el pecaminoso tropiezo que nos mancha. Sé que todavía no puede creerlo, padre. Ninguna sonrisa hay en su cara. Veo su mirada como la tormenta que se aproxima, presiento su justa condena. Pero confórtenos, padre Luciani! Sólo recuerde que somos polvo, y que nos equivocamos! Reconocemos nuestro pecado, buscamos perdón, lo imploramos dormidos y despiertos: nuestro remordimiento es peor que morir dos mil millones de veces y resucitar dos mil millones de veces otra vez en el infierno! Mi compañero y yo cometimos ese pecado que es todavía más

25

grave y mortal para hombres de Dios como nosotros, que habitamos el hábito, que un día nos dignificamos con Su Luz, y que, en justicia, no deberíamos obtener la Gracia de Su Perdón, a no ser que...

Y completó, con fascinada esperanza:

—Nos perdone usted, en Su Nombre.

El segundo sacerdote aguarda fuera del castillo. También él ha reptado desde lo profundo, pero no quiso enfrentar a Luciani. A su lado espera otro hombre, el especulador. Y qué rostro perfecto, qué nobleza de patricio ostenta! Una angustia legítima empaña sus ojos. Impecablemente vestido, tiene la boca bañada en polvo de oro. Ambos, sacerdote y comisionista, yacen igual que mendigos sobre las gradas del castillo. Lloran al tiempo, refriegan sus rostros con manos desesperadas, se arrastran implorantes, y nadie los ve: los transeúntes sólo oyen en lo muy hondo de sus almas unas roncas y pasmosas risotadas que enrarecen el aire, haciéndolo irrespirable: buscan en derredor, no ven a nadie, pero en ese recoveco los filos del frío queman y huele a estiércol humano. Los dolidos transeúntes no se explican por qué el desasosiego, la fatiga secreta, el pánico a morir, no comprenden de dónde brota esa ola de remordimientos, quiénes la causan.

—Son los dos mendigos en las gradas, que lloran a risotadas!

Transcurren seis días y allí siguen, postrados.
Ahora los acompaña el primer sacerdote.
Sus voces redoblan, escandalizadas:

—Es un pobre de espíritu, un aterrado.

—Pero obra como ni el Papa: nos ha convertido en guiñapos!

—Ha transgredido la tácita orden que desde hace milenios fortalece a la Iglesia, su pacto imponderable, su más excelsa defensa, su unión eterna. Su unidad incuestionable: *Indivisa manent!*

—Por eso mismo este poquísimo obispo nos ultraja.

—Que la más horrible maldición caiga sobre él: que lo arrojen de su paraíso!

—Ha congregado a los 400 curas de su diócesis!

—Todos aguardábamos las prácticas habituales, la inmunidad eclesiástica. Así la Iglesia no devolvería ni un centavo.

—Reunió a sus 400 pastores, ¿o sería mejor llamarlos ovejas?, y les pidió con gesto de amo que no balaran, que guardaran el más respetuoso silencio.

—Las blancas ovejas así procedieron. Un silencio inmerecido, todavía más hondo que el de la Sagrada Eucaristía, acogió las palabras del necio Luciani!

—Engendro mil veces detestable!

—Les ha dicho, ah envanecido Luciani, todavía más envanecido detrás de su humildad aparente, les ha dicho, yo lo he oído:

27

«*Quiero que este escándalo nos sirva a todos de lección, y que esta lección consista en que entendamos que la Iglesia tiene que ser una Iglesia pobre.* Tengo la intención de poner a la venta el tesoro eclesiástico y de rematar una de nuestras fincas urbanas. El dinero que se obtenga lo emplearemos en devolver hasta la última lira de la deuda que tienen estos dos sacerdotes. Os pido vuestro apoyo».

—Todos lo apoyaron. Nadie iba a negarse, ¿cómo?

—Ah inepto! ¿De dónde se le pudo ocurrir? ¿Qué Espíritu Santo pudo hablarle?

—Inicuo Luciani, impío: no tuvo ninguna compasión con los de su grey: su misma fe y su misma Iglesia. ¿Humilde? Ay, sólo soberbia, y de la pura!

—Yo sí soy un hombre humilde. No soy sacerdote, pero soy sobre todo un hombre humilde. —Eso ha dicho el vendedor comisionista, y deja de sollozar, busca alientos—: Mis intenciones eran ganancia para todos, para ustedes, en representación de la Iglesia, para los ahorradores, y, por supuesto, para mí; de algo debo vivir: no tengo una Iglesia que me amamante desde hace siglos! Sólo había que esperar con paciencia los beneficios. Eran divisas redondas, pero no voy a explicar aquí mis matemáticas porque no las entenderían, ¿cómo no presentí que ustedes se desmoronarían? Ahora la desgracia empuja su guillotina sobre mi cabeza: mi familia es creyente, es católica, apostólica y romana, y si da crédito al monstruoso Luciani me repudiará. No podré soportar entonces la mirada de mis hijos, ¿cómo soportarla? Mis dos pequeños me creen el mejor del mundo, mi presencia los hace felices: tan pronto llego a casa arrojan sus cuerpecitos contra mi pecho y calientan mi corazón con sus corazones; mi mujer, después, en la soledad de la cama, la hace todavía más dulce soledad; mis criados, mis secretarios y administradores se admiran del amor de mi familia orgullecida, y agradecen el pan que yo les doy; les entrego más que cualquier obispito envanecido! En esta empresa trunca yo soy el sacrificado, y esto me sucede por meterme con hombres que se visten como mujeres, vergonzosos irresolutos que no pueden con el pecado que ellos mismos concibieron, monjes cobardes que al menor percance corren a delatarse empujados por el miedo!

—Excúsenos!

—Pensábamos que el obispo Luciani nos redimiría.

—Siempre ha ocurrido así.

—Nos enviaría a otra parroquia, acaso en las Bahamas, y a usted, laico implicado, oveja descarriada, padre de familia arrepentido, nadie lo tocaría.

—Lo respetarían! También la sombra benefactora de la Iglesia lo asilaría.

—Así ha sido siempre, desde Pedro, *in saecula saeculorum!*

—Pero por lo visto el engendro ha decidido desafiar a la Iglesia y su intención universal, que nos cobija a todos: *Ora et labora.*

—¿Tendrá, tarde o temprano, su castigo?

—No lo sabemos.

Esta mañana se inicia el proceso a los tres timadores. Los transeúntes asistimos con nuestras mejores galas. Esposas y amantes nos acompañan. Servidores y servidos, felices y tristes, la muerte nos ha conmovido como sólo ella conmueve: pues poco antes del juicio uno de los implicados se suicida: no es ninguno de los sacerdotes: es el comisionista arrepentido.

—El infeliz padre de dos niños!

Sólo un sacerdote resultó condenado: la mínima pena, un año de cárcel. La deuda material ha sido saldada en su totalidad por Albino Luciani.

Y el sacerdote en libertad deambula ahora por las calles, reo de sí mismo —no del arrepentimiento sino de la amargura.

—Se ha soñado matando a Luciani!

Es un monje prudente, y, al despertar, pide perdón al Altísimo por el pecado cometido en sueños. Pero un íntimo rencor lo complace del pecado soñado, y el ominoso rencor lo empuja otra vez a los abismos.

Allí cuenta su desventura a los demonios ultrajados.

III

Las campanas, voces de Dios, *tintinnabulum!*
En el centro y en los bordes de la plaza de San Pedro, en la basílica rígida, en el corazón y los nervios y
la sangre de los que transcurren lejos unos de otros
con la esperanza de Dios (inmensos solos por los siglos de los siglos), repican graves y agudas, en Fa, en
Si, en Re, en Fa y Si y Do, las seis campanas, y cada
una echa Su Nombre a volar —siempre sonoras aunque se vean quietas: *plenum* eterno!

—Si las campanas están quietas las golpean los
badajos fantasmales empujados por la otra mano, la
otra liturgia, la otra atmósfera, la otra fuerza, la otra
sílaba!

—Nunca guardan silencio! Restallan eternas en la
Ciudad Eterna! Son seis famosas campanas vaciadas
en oro y plata, sus voces comen distancias, nadie ve a
los campaneros, las campanas sólo se oyen, el campa-
nario es alto: quinientas murallas, dos ángeles como
ciclópeos murciélagos y un fiero reloj lo custodian.

—Cien metros abajo suenan las húmedas campanas insepultas que llevan en sus pechos los fieles arre-
molinados, las campanillas de las gargantas de las mu-

chachas que ríen como en el circo, y las que llevan al cuello como cencerros las sonrosadas novicias. Arriba, vibrando encima de sus vírgenes cabezas, transitan los toques de duelo, el Ave María, el Ángelus.

—Baten a dúo, o bate sólo una, una sola vez, dilatada, mortuoria. Doblan, se abren, se cierran, ¿el Papa Luciani ha muerto?

—No. Todavía no ha muerto.

—Todavía no es el Papa Juan Pablo I!

—Es sólo Albino Luciani, Patriarca de Venecia, y llega de visita forzosa a Roma, al Vaticano —para su desgracia!

—Triste y amargo saldrás de esta visita, oh Luciani empecinado, ¿por qué no hiciste caso de nuestras voces?

Allí, en lo alto de la basílica, a tres ventanas del Balcón de las Bendiciones, tieso en la piedra de la cornisa, oscuro, rojizo, en cuclillas, ave rapaz de uña mortífera, espesa pupila, plumas brillantes, humeantes, mojadas en roja saliva, oloroso a pútrido pez, se distingue al temible Marcinkus, arzobispo y banquero de Dios, famoso por este sobrenombre único en la tierra.

—Y aletea, imponente: sus exiguos ojos dueños del globo, *urbi et orbi!*

Debajo de él, sin verlo, sin poder verlo, dos guardias suizos, jóvenes imberbes, saturados de rigidez y diaria soledad, conversan a murmullos mientras cuidan de las puertas de bronce del Arco de las Campanas.

32

GUARDIA UNO: ¿Sí ves, Dionisio, esa como oscura figurita al lado de la estatua de San Pablo?

GUARDIA DOS: ¿Que avanza a nosotros?

GUARDIA UNO: Camina rápido. Camina a saltos. Es un pajarito. Qué simpático. Ya cruza por la estatua de San Pedro.

GUARDIA DOS: Es otro curita de aldea, y se dirige a nosotros. Tendremos que exigirle su permiso autenticado: me da pena verlos apenarse y confesar que no lo tienen.

GUARDIA UNO: Cuídate de exigir permisos! Es el Patriarca de Venecia, y hoy habla con el Papa.

GUARDIA DOS: ¿Ese curita el Patriarca de Venecia? ¿A qué juega? Ni una sola gota roja en su negrura lo delata! ¿Cómo adivinar que es un purpurado?

GUARDIA UNO: Es Albino Luciani, y ya se espera su visita. Ayer me enteré, ¿quieres oír?

DOS: No. Prefiero no oír.

UNO: Estuve en la embajada de... su nombre aquí es impronunciable, su nombre, aquí, tan cerca de los restos de San Pedro!

DOS: Entonces no lo pronuncies! Cuidado! Sólo somos sus Guardias Suizos! Aquí reinan los masones, el Opus Dei, extraordinarias fuerzas que pugnan por el mandato absoluto! Si por triste casualidad eres partícipe de sus batallas, si escuchas algo, si ves más de la cuenta, tendrás las de perder: serás un chivo expiatorio. No habrá justicia que te salve. Matarán a quien haga falta, y después te matarán, y dirán que tú fuiste el asesino que después se suici-

33

dó! Con muchas mañas te comprobarán un tumor cerebral que provocaba alteraciones de conducta, y atestiguarán que eras además un consumidor de droga, sumido en un estado permanente de confusión, aquejado de una broncopulmonía aguda y en profunda situación de estrés! Perderás tu vida y además tu dignidad!

UNO: ¿De qué hablas, por Dios?

DOS: De lo que tarde o temprano ocurrirá con uno de nosotros: también tengo dotes de vaticinador.

UNO: Ocurrirá! ¿Y cuándo?

DOS: En poco más de veinte años.

UNO: Estás loco!

DOS: Espera y verás.

UNO: No me asustes.

DOS: Ten cuidado! Recuerda lo que les puede pasar a nuestros sonrosados prepucios! Nos castrarán, la mente y las bolas!

UNO: Ya. Escúchame y no tiembles! Estuve con *él* toda la noche, en su lujuriosa morada, estuve con *ellos*, hasta el amanecer. Magnífica noche! Los suaves dedos del cardenal Sireno me acariciaron largo tiempo los testículos! Pero ya tengo conmigo una promesa cardenalicia! Seré primer oficial en la delegación del Vaticano para África: allá sí son calientes! Podré olvidar el frío receptáculo cardenalicio! Era un difunto, Dios! Pálido como un bacalao muerto, y olía peor!, ¿por qué no usan su incienso?, podrían hacerlo!, compadézcannos, somos sus Guardias Suizos! Pero la noche fue magnífica! Rayaba el alba cuando trajeron a la hija del conserje! Bellísima muchacha, aunque parecía narcotizada, ¿o debo decir asustada? Sus ojos de novilla nos contemplaban afligidos, pero accedió a las caricias. Como dulce plato de uvas la pasaron de rodilla en rodilla, su vagina hablaba! Fue el plato fuerte! Muy pronto sucumbió al embate del dueño de casa, mientras fastuosos mozalbetes como el postre enseñaban sus culos por doquiera! Y no se quedaron solos! Todos embestidos, clamaban al cielo, encantados! Magnífica noche! Digna de Lot y de sus hijas! Y, sin embargo, en la sala oculta, repleta de voces subterráneas, pude escuchar los hechos ocurridos, unos terribles sucesos, ¿o unos sucesos graciosos?, pobre Albino Luciani, pobre padre!, ¿para qué insiste? Aquí en el Vaticano le impondrán las Papales Sandalias en la nariz!

Los guardias inclinan sus rubias cabezas ante el brevísimo saludo del Patriarca, que sigue imperturbable su camino. Es pequeño y ágil, de un andar de montañés, y debe de ser recio, infatigable, pero dobla la cerviz como vencido por una timidez profunda, ¿o es miedo?, ¿es legítimo y puro miedo?

—Es! Es!

Su figura se extravía en la oscura entrada al Vaticano como si acabara de ingresar en una sola inmensa catacumba repleta de otras catacumbas infinitas, un desierto infinito de huesos y de sangre por donde Albino Luciani camina a la búsqueda del Papa. El viento se ve en la rama seca de los árboles, los agudos cuervos

se delatan en los hombros de los muertos, en sus cabezas sin ojos, y un mar de cuerpos viscosos se lamen-
ta debajo de la suela de los zapatos de Luciani, que no
puede evitar pisarlos y se duele de eso, les pide perdón
por pisarlos. Humildemente.

—Sabe muy bien que pisa habitantes del infierno!

GUARDIA UNO: Es simple de contar, Dionisio, pero es
   feo, y huele mal: el obispo Paul Marcinkus, temible
   Banquero de Dios, nacido en Cicero, Illinois, con-
   temporáneo de Al Capone, y eso es decir de corazón de hierro, ha vendido sin consultar al Espíritu Santo la Banca Cattolica, la pequeña institución
   financiera que albergaba los ahorros de obispitos
   y curitas del Véneto, donde Albino Luciani funge
   de Patriarca. La vendió a Roberto Calvi, usurero
   universal, gélido y calculador esqueleto!

Se sabe, como denuncia el cronista lúcido, que en
todo esto Marcinkus y la Santa Sede han demostra-
do una ausencia total de ética. Antes de que se diera
la venta, cuando necesitaban reunir dinero los obispos —y los clérigos, prelados, celebrantes y presbíte-
ros, priores, capellanes y diáconos, eremitas y frailes,
cartujos y catecúmenos— recurrían al Banco del Vaticano, que les prestaba la suma requerida reteniendo
como hipoteca las acciones que ellos tenían en la Banca Cattolica. Ahora estas acciones han sido transferi-
das con enormes beneficios a Roberto Calvi. Los bur-

lados obispos han dicho a Luciani que si les hubieran dado oportunidad habrían podido reunir el dinero necesario para devolver los préstamos al Banco del Vaticano y de esa forma retomar posesión de sus acciones.

Albino Luciani los escuchó en silencio. Nada dijo.

—No sólo somos nosotros sino cientos de religiosos enfermos y octogenarios los sacrificados en pro de estafadores universales.

—¡Exigimos la intervención del Papa!

De nuevo el silencio del Patriarca.

No dio su opinión, así de grande era su cautela, ¿o su obediencia? Sólo prometió que viajaría a Roma. No compartió el desencanto. Sus ojos parecían mirar sin mirar a nadie. Los indignados obispos suspiraron. ¿Ante quién se encontraban? ¿Qué Patriarca era ese? Si bien un día pudo contra los dos curitas timadores, allá en su diócesis de Vittorio Véneto, hace años, ¿podría ahora contra Marcinkus?, o, lo que era idéntico, ¿podría ahora contra el Papa?

En lo alto de la basílica de San Pedro, bajo un cielo crepuscular, Marcinkus, ave húmeda y oscura, al distinguir que Albino Luciani acaba de ingresar en el Vaticano, sonríe avieso como un ángel pérfido, escupe llamas, aletea un instante, salpicando de cieno los ventanales, encoge las inmundas alas y atraviesa de un salto la ventana abierta. Ya adentro, mientras recobra la humana apariencia se posa en el rojo sillón que preside su gabinete. Lo rodean Roberto Calvi, Michele Sindona, tenebrosos aliados! Y están además el cardenal John Cody, vicioso y estrafalario príncipe de la Iglesia, «gerente» de una de las diócesis más ricas del mundo, la de Chicago: se encontraba de visita: había ido a regalar a Pablo VI 80 monedas de oro puro, labradas con la efigie del águila americana, y el cardenal Villot, Secretario de Estado del Vaticano, el más fósil de los retrógrados eclesiásticos, y Umberto Ortolani, maquinador de suciedades, y Licio Gelli, otro esqueleto peor, nazista y mafioso violento, padrino de dictadores latinoamericanos, habitantes del mismo barco en los inmensos mares de los millones ensangrentados, todos cofrades, los mismos que un día se teñirían las manos con el envenenamiento del Papa Luciani.

Las caras amarillas se placían de la visita del Patriarca, dispuestas a una burla peor. Pues desde que estas caras poseen a Cristo, desde hace siglos, sólo una infinita desazón de Iglesia habita el corazón de los católicos.

—Más de 800 millones de cándidos!

—Las apuestas van mil contra uno!

—Eso sabemos las prostitutas viejas y las jóvenes: el Patriarca Albino Luciani nada podrá hacer.

—Huir, solamente huir! Disfrázate de clérigo oscuro y huye, sin rumbo!

—Impiden su entrevista con el Papa!

—El mismo pontífice no quiere verlo a los ojos!

—No podría!

Sólo le ha sido dado entrevistarse con monseñor Benelli, Secretario de Estado auxiliar, hombre de confianza de Pablo VI, pero un hombre veraz, para fortuna de Luciani, pues lo pone al tanto de la situación. Es muy escueto en sus declaraciones, y asombra a Luciani: le avisa sin más remilgos que el Santo Padre se halla plenamente enterado de estos asuntos.

Luciani: *¿Qué significa todo esto?*

Monseñor Benelli: *Evasión de impuestos, Albino. Marcinkus vendió las acciones del Banco de Venecia a un precio deliberadamente bajo. Pero la cantidad que recibió Marcinkus es de unos 47 millones de dólares.*

—*¿Qué tiene que ver todo esto con la Iglesia de los Pobres? En nombre de Dios...*

—*No, Albino. En nombre del dividendo.*

—*¿Y el Santo Padre está enterado de todo?*

Benelli dice que sí con la cabeza.

—*¿Y entonces?*

—*Entonces debemos recordar quién puso a Paul Marcinkus al frente de nuestro banco.*

—*El Santo Padre.*

—*Precisamente.*

—*¿Qué podemos hacer? ¿Qué les voy a decir a mis párrocos y a mis obispos?*

—*Que sean pacientes. Que esperen. Llegará el momento en que Paul Marcinkus se sobrepasará.*

—*Pero, ¿para qué quiere todo este dinero?*

—*Lo quiere para hacer más dinero.*

—*¿Con qué propósito?*

—*Con el propósito de hacer más dinero.*

El Patriarca Albino Luciani vuelve a Venecia, no sin antes confundir el camino entre los tantos pasillos que laberintizan el Vaticano, secretas escaleras y puertas todavía más secretas que aparecen y desaparecen según el desánimo del extraviado. En lugar de abrir la puerta que conduce al Arco de las Campanas, abre nada menos que la puerta del gabinete de Marcinkus, banquero de Dios. Allí las caras amarillas parecían esperarlo, los ojos rojos de llamas vueltos a él.

Albino Luciani, que sigue remembrando su charla con monseñor Benelli, todavía estupefacto en el alma, entra sin arredrarse. Pero no lo dejan hablar.

—No diga nada —le sugiere Marcinkus—. Vuelva por donde ha venido.

Y, con agria burla:

—No se puede dirigir la Iglesia con preces a María.

Esta frase, entre las huestes del infierno, provocó una espléndida carcajada.

IV

Las burdas camas del seminario de Feltre, en una sola celda colectiva, más blancas y más frías que la nieve, soportaban pesadas flatulencias, los ronquidos, los espasmos, las palpitaciones y masturbaciones: su susto blanco, y, sobre todo, la insospechable carga de quietud de muertos que hay cuando se duerme, pero soportaban aún más los sueños de los encerrados.

—De los novicios atrapados, tienes que decir!

Sólo para Albino Luciani su cama no era su cama: las noches en el seminario de Feltre eran vía de encantamientos, sueños de papel entre sus manos, pues leía oculto (cuentos y novelas y dramas y tragedias de autores del universo), y se alumbraba del cirio eterno que ensombrecía la estatua de San Francisco de Asís, en un rincón del rectángulo de piedra, lejos de la hilera de ataúdes blancos donde los demás seminaristas soñaban —todos soñaban a su modo, y Albino Luciani lo hacía despierto: parecía más un escritor en formación que un seminarista, más un fabulador, un hilvanador de cuentos, un imaginero, que un futuro párroco, un futuro obispo, un futuro Patriarca y cardenal participando en un cónclave inexplicable del que nunca deliró que saldría elegido como Papa.

—Elegido como el pontífice *Ioannes Paulus I,* se dice!

—O Giovanni Paolo, o John Paul, o Juan Pablo, o «*Gianpaolo*», como empezaría a firmar los documentos Papales hasta el día en que la Curia escandalizada se lo impidiera.

—Hay en la historia infinidad de pontífices, y Juan Pablo I es único: el primero con dos nombres, pero no sólo por eso es único. No sólo por eso!

Así ocupaba sus noches el novicio Albino Luciani, en la dispar compañía de Twain, Verne, Marlowe, Goldoni, Alejandro Manzoni, los novelistas franceses del siglo XIX, Dickens, Chesterton, Goethe, Scott, Petrarca y tantos otros. Tan joven y ya metido en semejantes arsenales, igual que en los otros arsenales todavía más literarios de los cuatro Evangelistas, las Epístolas y Salmos, el Cantar de los Cantares, la Vida de San Francisco de Asís —en boca de San Buenaventura de Bagnorea, un santo que escribe sobre otro santo—, y Jesucristo, siempre Jesucristo, el Jesucristo sentado en una piedra a la vera del camino, indiferente, escribiendo en el polvo con el dedo palabras antiquísimas mientras los fariseos irritados lo vigilaban.

—Ya, basta!

—Calla de una vez y para siempre, qué fea voz!

Después de graduarse en Feltre Luciani pasó al seminario mayor de Belluno, donde otro libro prohibido lo aguardaba: *Las cinco heridas abiertas de la Iglesia católica,* de Antonio Rosmini. Además de libro prohibido, era el libro desaparecido de las estanterías del seminario, ¿quién lo devoraba a escondidas?, ¿quién —sobre todo— lo desapareció?

—Atrévete a mencionar su nombre, oh pluma triste!
—Recuérdanos el Séptimo Mandamiento: *No robarás!*

Alguna noche, de esas noches distraídas, cuando nadie atendía la pergaminosa biblioteca, debió deslizarse subrepticio: sudaría, aterrado de sí mismo. Una vaga aunque sensual excitación desconocida enarbolaría su carne joven. Pero encontró el libro, lo guardó contra su corazón que retumbaba, se lo llevó.

—Se lo robó, di!

Las cinco heridas abiertas de la Iglesia católica seguía incluido —ese año de 1930— en el *Índice* de libros prohibidos, y su lectura ejercería una profunda influencia en la vida de Luciani —como señala el cronista lúcido: el 7 de julio de 1935, a los 23 años de edad, Albino Luciani se ordenó sacerdote en San Pietro de Belluno. Al día siguiente celebró su primera misa en su pueblo natal, Forno di Canale. No le importaba que la suya fuera la posición más humilde del escalafón de la clerecía católica. Pero en 1937 le nombraron vicerrector de su antiguo seminario de Belluno. «Su forma de enseñar era radicalmente distinta a la de sus maestros. Albino Luciani tenía la virtud de hacer ligero lo pesado y de convertir las tediosas cuestiones teológicas en tertulias espontáneas e inolvidables. Después de cuatro años de dedicación a la enseñanza, Albino sintió la necesidad de ampliar su campo vital. Quería doctorarse en Teología. Para ello le resultaba imprescindible desplazarse a Roma e inscribirse en la famosa Universidad Gregoriana. Sus superiores insistían en retenerlo en Belluno para que siguiera dando clase, con la idea de que podía simultanear la enseñanza y los estudios teológicos necesarios para el doctorado. Se obtuvo una dispensa personal del propio Papa Pío XII, fechada el 27 de marzo de 1941, que le permitió estudiar en la Universidad Gregoriana sin desplazarse obligatoriamente a Roma. Para su tesis doctoral, Luciani eligió como tema: *El origen del alma humana según Antonio Rosmini.*

»Lo que intenta en su tesis es refutar punto por punto a Rosmini. Ataca al teólogo decimonónico por emplear testimonios de segunda mano y citas inexactas. También lo acusa de ser superficial y de tener una inteligencia "meramente ingeniosa". Se trata en suma de un retorcido intento de demolición; claro indicio de que tenía entonces unas ideas reaccionarias».

—Reaccionarias!

—¿Si oyeron la palabra?

—Qué linda!

No. Luciani se acogía a la Iglesia reaccionaria, la que iba a doctorarlo en teología: de lo contrario no obtendría el doctorado, como es obvio.

Porque, a partir de allí, y con su propia vida sacerdotal, día por día, Luciani confirmaría las verdades de Rosmini sobre esas cinco heridas abiertas de la Iglesia católica.

—Y muchas otras heridas, sin todavía cerrar y cada año más abiertas!

Con su propia experiencia, en carne propia, el Papa Juan Pablo I las refrendaría.

En 1946 Luciani presentó su tesis, obtuvo un *magna cum laude* y se convirtió en doctor en teología. El obispo de Belluno nombró a Luciani vicario general de la diócesis. Era el final de la segunda guerra mundial y, durante ella, el seminario de Luciani fue escondrijo para los miembros de la resistencia: «Si las tropas alemanas lo hubieran descubierto», nos dice el cronista lúcido, «el resultado habría sido la muerte, no sólo para los patriotas que combatían en la resistencia, sino también para Luciani.

»En 1949 publicó un pequeño volumen sobre la catequesis: *Briznas de catecismo*. Albino Luciani fue uno de los mejores maestros de catequesis que ha tenido la Iglesia. Poseía esa simplicidad de pensamiento que sólo está al alcance de los hombres más inteligentes, sumada a una profunda y auténtica humildad».

—Basta! Deja ya de recurrir a tu cronista lúcido! Vuelve a tu voz, oh cobarde! Vuelve con tu pluma triste, plumífero! Endereza las cargas, se te caen, se te están cayendo!

—¿O prefieres venir con nosotras, las lascivas madres que todo lo consuelan? Abandona ese vano esfuerzo que nada retribuye, ven y sumérgete en nuestros cuerpos, bucea en sus húmedas profundidades, nosotras te contaremos mejor, de viva voz, todas las cosas ocurridas y por ocurrir en este mundo y en el otro!

¿Quiénes me hablan, quiénes son ustedes?

—Somos las prostitutas de Venecia!

¿Por qué me interrumpen?

—Porque se nos da la gana!

Brotaba humo de sus bocas cuando hablaban: por primera vez las veía: eran cálidas, y bellas, y tuve la conciencia de que, de no ser por ellas, estaría muerto. Caminé a sus cuerpos: me parecía pisar con cada paso regiones distintas: en un paso hielos árticos, en el otro selvas ardientes: entre más me aproximaba sentía sus alientos como música, y su música era lo más parecido al sexo: cuando extendí mis manos a sus bocas ellas desaparecieron como detrás de un telón de tenebrosas risotadas. Las oí cantar, al final:

—Ni todos los fuegos del infierno avivarían tu entumecida imaginación, oh, pobre!

V

Las campanas, voces de Dios.

—*Tintinnabulum!*

Un aro de palomas blancas, dispersándose a la primera campanada por encima de los cielos de la plaza de San Pedro, un sobresalto de palomas, multitudinario, rozando la frente de los fieles que aguardan, avisa —mucho más que el humo blanco— que hay un nuevo Papa en la tierra.

—El 263 de la Iglesia católica!

«Habemus Papam!», grita una voz, la voz enaltecida de espirituales acentos y como de incienso antiguo, la voz blanca, bíblica, la voz que retumba, la voz celestial —por su anuncio.

—Más alta que las hordas infernales que sufren por oírla y que rechinan!

Así de magna y confortante es esa voz que grita, como si sólo por oírla ya se redimieran los corazones, los heridos corazones de los fieles, heridos sobre todo de falta de amor —lo que tanto convocó y pregonó *Él* para los hombres.

Es una voz del siglo XX y se oye acrecentada por los altavoces: la cara de la voz, las ventanas las palomas las campanas y las lágrimas se reduplican engrandecidas en pantallas que titilan en aldeas y ciudades y metrópolis, en los montes y en los mares de los cinco continentes.

—La gran tecnología colabora eficaz con el Espíritu Santo!

Debajo de esa voz una marea de palpitaciones, humeante, sincera, remueve a la multitud, la hace como danzar en un rictus angustiante, por lo feliz: es la redención de cada uno: es, en un solemne instante, la redención del mundo entero.

—Bella promesa!

—Porque Habemus Papam, Habemus Papam, Habemus Papam, Habemus, Habemus, Habemus!

Desde el Balcón de las Bendiciones, minutos después de las siete de la tarde del sábado 26 de agosto de 1978, el cardenal Felici, el cardenal de la voz, deán mayor del cardenalato, avisa a los más de ochocientos millones de fieles que hay que seguir viviendo: un nuevo Papa resucita encima de un Papa muerto.

—Nunca morirán los Papas!

«Annuntio vobis gaudium magnum: Habemus Papam: cardinalem Albinum Luciani!»

«Un nuevo Papa en la tierra!»

«El cardenal Albino Luciani, elegido Papa!»

«El Patriarca de Venecia, Papa!»

Poco antes de encerrarse en el cónclave, el Patriarca de Venecia había recomendado al padre Diego Lorenzi, su secretario, que no olvidara llevar a arreglar el viejo Lancia, para cuando volvieran a Venecia. No sólo él: tampoco nadie se lo esperaba.

—Celestial sorpresa, digna del Espíritu Santo!

Los apostadores del mundo perdieron enteros.

—Semejante carrera de caballos! Ganó el tímido asno!

El mismo tímido asno que montaba Jesús cuando hizo su entrada a Jerusalén, ese Domingo de Ramos, tan bellamente descrito por el conciso y fantástico Lucas.

Sábado 26 de agosto: primero de los treinta y tres días del Papa Juan Pablo I.

—Antes de que la Curia y la Mafia confabuladas lo devolvieran al mundo —tieso, como pollo!

Durante el cónclave, encerrados bajo triple candado, los 111 cardenales—electores, príncipes de la Iglesia, espartanos a la fuerza, venidos de los cinco continentes, aguardaban la Luz Inspiradora del Espíritu Santo —para no equivocarse a la temible hora, la hora apocalíptica de elegir un Papa. Y muchas cosas ocurrieron: ellos mismos se quejarían, con razones de humano.

—Nunca de apóstoles! Nunca de cristianos!

Se quejarían del insoportable calor que padecieron encerrados herméticos como condenados ese verano inclemente de 1978 en la Roma emperadora, acostumbrada a baños de agua fresca, racimos de uvas, cánticos y bailes.

—Caricias de esclavos!

Durmiendo en celdas más que franciscanas, en catres desvencijados, sin agua-corriente, debiendo recurrir a tinajas de agua para ducharse, sin aire acondicionado, sin digno vino, sin digna cena, horas y horas (fue el cónclave más breve de la historia) de vida de ermitaños, que si fueran más horas seguro que no resistiríamos, «Elegiríamos una silla como Papa», dijo Giuseppe Siri, arzobispo de Génova, y dijo más: «Esto es como vivir en una tumba».

En la Capilla Sixtina el calor era insoportable. No había corrientes de aire porque todas las ventanas se encontraban condenadas: al quemar las papeletas, luego de las votaciones matutinas, la estufa pareció rebelarse, trepidó: a muchos se les antojó que se movía: eructaba y cambiaba de lugar, y eran rugidos desgarradores, como algo o alguien gigantesco que se dispone a vomitar, y de hecho empezó a vomitar amargo humo negro dentro de la misma Capilla, espesando las pinturas de Miguel Ángel, tiñendo el aire de asfixia: imposible respirar. La multitud de cardenales retrocedía; los más decrépitos resbalaban al piso entre lamentos de agonía; uno de los pocos fortachones pudo escalar como un insecto las paredes y abrir dos de las ventanas y el ambiente se aclaró; fue cuando se oyó, en un difícil susurro, el comentario de un cardenal: *Es el humo de Satanás, que pretende entrar en el cónclave.*

—Broma a la altura de su fe!

El menor de los electores tenía 49 años, se llamaba Jaime Sin. El mayor 79, Frantisek Tomasek, arzobispo de Praga, ciudad de Kafka, ¿leyó Luciani a Kafka?

—Debió ser!

—Debió ser!

Pero no le escribió ninguna carta.

Luciani, que publicó en un modesto diario católico tantas cartas a tantos autores del universo, no escribió una carta a Franz Kafka.

—Y ambos fueron sufrimientos semejantes, el uno abogado y el otro Papa!

Ambos hacedores de cartas.

—Espléndidas, tenébreas pastorales, se dice!

Luciani no escribió a Kafka. Luciani, que escribió a ilustrísimos señores, entre músicos, pintores, santos y santas, poetas y escritores, al médico Hipócrates, a Lucas evangelista, a la reina María Teresa de Austria, a Lemuel, rey de Masá, al Cicikov de Gogol, a los cuatro del Club Pickwick, al legendario oso de San Romedio, a Penélope, a Fígaro, a Pinocho: no escribió a Kafka.

—Pero escribió a Jesús, la última carta: «*Escribo temblando...*».

De los 111 electores 110 se quejaron de las arduas condiciones del encierro: «Camas realmente malas», «Comidas bastante flojas», «Las ventanas selladas», «Vidrios pintados de blanco», «No podemos mirar a nadie, y nadie nos puede mirar».

Nunca se quejó el elegido.

—Los demás: ruines expiadores!

Y se quejaron tanto que lo primero que hizo el sucesor de Juan Pablo I —después de la muerte por envenenamiento de un Papa—, fue dictaminar que en adelante ningún cónclave padecería de falta de agua, lavamanos y duchas individuales, aire acondicionado, de buen pan y excelente vino, eso dictaminó Karol Wojtyla, tibio sucesor de Luciani. Lo dictaminó en primera instancia, en vez de ordenar investigar la más que extrañísima muerte de Albino Luciani, *el Papa sonriente* —porque reía, raro atributo cuando es sincero, y muy ajeno a los Papas: reía de verdad.

—Como un niño.

—En lugar de ordenar clarificar la muerte de un Papa que gozaba de una salud de hierro, se encargó de cerrar los ojos!

—Y que siga la misa!

No se le podía pedir más a Karol Wojtyla. Tenía que acogerse a la Curia y secundar sus más artificiosas intenciones, toda esa estrategia disparatada en torno a la muerte de un Papa —que a pesar de lo disparatada se salió con la suya: el Papa Luciani había muerto de un ataque al corazón, un infarto de miocardio por una sobredosis de su propia medicina: ningún médico se atrevió a firmar y confirmar semejante veredicto. No hubo autopsia.

Las mentiras iban y venían, los comunicados se

contradecían; entre tantas componendas se aseguró que el Papa Luciani había sido encontrado muerto por el padre Magee, sentado en la cama y con la luz encendida, «como si hubiese estado leyendo». Después se aseguró que sí leía, en realidad, y que leía la *Imitación de Cristo*, libro que Luciani había dejado en Venecia: es cierto que en Roma lo pidió prestado, pero lo devolvió a su dueño días antes de su muerte.

Más tarde la Curia prefirió adornar su primerísima versión con un poco de verdad: reconoció que al Papa muerto no lo encontró el padre Magee sino sor Vincenza Taffarel, en su gabinete de trabajo. Pero no fue allí donde la monja lo encontró: la misma sor Vincenza —que servía a las órdenes de Luciani desde 1959, desde los tiempos del obispado de Vittorio Véneto, y que por su misma inalterable elemental inocencia no podía amañarse a insinuaciones de la Curia— reveló que preocupada porque el Papa Luciani no respondía a los llamados a la puerta (era ella quien siempre acudía a llevarle el café a las cuatro y media de la mañana), entró y lo encontró sentado en la cama, sin ninguna *Imitación de Cristo* en las manos: tenía varios documentos aferrados, las gafas ladeadas sobre la cara, la boca en un rictus de dolor: en esos documentos, y según lo que el mismo Luciani había advertido que iba a hacer, acababa de firmar las destituciones y confinamientos que pensaba realizar de inmediato para purificar la Iglesia, documentos que después el cardenal Villot se encargaría de desaparecer para siempre (entre ellos su propia destitución, que el Papa le había anunciado doce horas antes), así como el testamento del Papa, sus sandalias y su frasco de remedio: las gotas que Luciani debía beber por prescripción de su médico —pues tenía la tensión baja, lo que menos ayuda a un ataque al corazón. En el mismo remedio administraron el veneno —en la vida semejantes paradojas suelen ocurrir—, la dosis letal, la noche indicada, es decir la noche de sus decisiones radicales.

Creen unos, y otros no creen, que hubo con anterioridad un intento de veneno fulminante, pero les salió al revés. Ocurrió con la visita al Vaticano del metropolita Nikodim, de la Iglesia ortodoxa rusa, arzobispo de Leningrado y Novgorod. Luciani y Nikodim se encerraron para su charla en privado, que debía durar quince minutos, según lo que la Curia programaba. Había, servidas, dos tazas de café. El metropolita Nikodim bebió de una de las tazas y cayó muerto en el acto. Luciani llamó en busca de ayuda. La «fantasía» del «populacho», como señala una mayoría de biógrafos, se dio a la tarea de proclamar un intento de envenenamiento contra Luciani. «Fue un bulo» aseguran, un bulo que tuvo éxito inmediato. Nadie quiso envenenar a nadie. El arzobispo murió de un infarto; tenía, además, un metro noventa de estatura y pesaba 150 kilos (el ruso era de verdad algo más grande que el americano Marcinkus, de Cincinatti, banquero de Dios). Es decir, todo un oso siberiano, de tensión alta y muy alto colesterol. Nikodim tenía que morir. Aunque, ¿no es esa conclusión probablemente otro bulo? La fantástica intuición del populacho roza a veces la verdad, y todo puede suceder en un recinto acostumbrado a siglos de componendas.

Inmediatamente después de la muerte de Nikodim el prefecto del Vaticano sugirió a Luciani que suspendiera sus audiencias, pero Luciani se opuso. No podía dejar esperando a quienes habían solicitado una audiencia con el Papa. «Así lo hubiera querido ese hombre bueno», finalizó, mirando al cuerpo de Nikodim.

No se le podía pedir más a Karol Wojtyla: era el Papa que la Curia deseaba: confirmó a Marcinkus en su puesto de timador; no hizo nada contra los socios mafiosos del banco del Vaticano, y nada contra el cardenal Cody, libidinoso y derrochador, que se apropiaba del dinero de los fieles, que cerraba escuelas —pero que también participaba de sus robos al Vaticano.

—Contra ellos iba Luciani, el soñador!

—Ya estaba a punto de extirparlos, como llagas.

—A punto, y lo inmolaron.

—Ya desde mucho antes lo cercaban, pendientes de él: si procedía, lo inmolaban.

—Y lo inmolaron, la misma noche que se disponía a barrer de traficantes el templo de Jesús.

El hosco Marcinkus, dios de la banca del Vaticano, castigado por Satanás:

¿Qué temes, Marcinkus, qué puedes temer? ¿Descrees de mi protección? Cómo tiemblas ante un pequeño Papa, cómo te orinas en tus hábitos, ¿qué sucede? No son de esa ralea mis pastores! Reanímate o te abandonaré, perderás la última fuerza, serás menor que el menor de los humanos, yo te condeno: un gorrión te masticará el corazón, eternamente!

Así Satán terrible amenazaba; no daría más ayuda a su pastor —pues sucumbía al miedo humano: *Marcinkus, no ocuparás ningún lugar en toda esta comedia de siglos!*

Pues Marcinkus, en su apariencia humana —durante la elección de Luciani, y después de la elección— parecía más muerto que vivo: sudaba emblanquecido por el justo pánico: lejos, sería arrojado lejos del Vaticano, de su casa su palacio su guarida su única guarida femenina: era uno de esos hombres sin amor, grandes jefes de paupérrimos soldados, mátense a mi nombre, yo no puedo amar! Miedo de Luciani, de ese pobre engendro de la Biblia, miedo.

—Miedo!

Y lo vieron deambular, humillado.

El corpulento y sosegado Marcinkus, ahora aterido, cansino. Aterrado.

Y lo salvó ese plan, la solución última, la siciliana, en conjunción con la mafia mortífera y la Curia escandalizada.

Una vez muerto el Papa de la Luz, Marcinkus volvió a ser el diablo que era: desplegaba sus alas rabiosas contra el mundo, y los demonios que lo rodeaban reían otra vez al unísono. Marcinkus respiraba: tuvo razones para temer: había sido elegido Papa quien hace años se enfrentó a él, esgrimiendo armas inusitadas, las que nunca blandieron los esperpentos de Papas durante siglos, armas nunca eclesiásticas sino de pura enseñanza de Jesús, las esgrimía, aunque resultara humillado.

—Las empuñó cuando Marcinkus usurpó el ahorro de curas simplísimos, monjitas y otros angelicales!

El enfrentamiento debió ser agrio, mayúsculo, a pesar de que Luciani acabara derrotado: pero algo quedó de la mirada de los enfrentados, una brizna de duda amarga: ¿de quién era la fuerza?

—De Marcinkus.

El Papa Karol Wojtyla tenía que acatar a los mercaderes que empobrecían la Iglesia, ceder a sus artilugios —más oscuros y furiosos que las mafias de Chicago—, tenía que permitir disfrutar de sus cargos a los mismos que el Papa Luciani había decidido expulsar para siempre.

—Como se expulsa una venenosa lombriz por el ano!

—Después de una inexcusable purga!

Wojtyla les permitió disfrutar de su pecado: impidió cualquier cambio digno en la Iglesia, Wojtyla tenía sobre todo que dejar a la Iglesia como el mercado que era, el mercado que es, el mercado que será siempre.

—Así hacen los Papas para que no los envenenen!

—No lo hizo Albino Luciani!

Solo, solo, estaba solo en la tierra.

VI

Recién elegido Papa la prensa afirmó que Albino Luciani no tenía gran preparación teológica ni ecuménica, y que era una lástima que sólo pudiera hablar en lengua italiana (Luciani hablaba además inglés, francés y alemán). Y añadían que en la elección de Luciani había vencido la parte más conservadora de la Curia, pero que no servía hablar del pasado retrógrado del Patriarca de Venecia sino de su futuro: ya no se trataba del cardenal Albino Luciani sino del nuevo obispo de Roma, Juan Pablo I, sucesor de Pedro, el pescador de Galilea.

El novísimo sucesor de Pedro no pretendía acabar con la Iglesia. Pero esa efigie oscura de la Iglesia, contra la que apuntaba su insensata inocencia, era casi toda la Iglesia, ¿o la Iglesia entera? Con ese inmenso rostro enfermo de la Iglesia comprendió de pronto que podría acabar. Si antes se había rendido al precepto claro para todo sacerdote: obediencia, ahora, de un día a otro, era el Papa: sucesor de las sandalias de Pedro: obedecía a Dios, y él así lo creía, con la irrebatible fe de un católico. La divisa de su escudo Papal era *Humilitas,* que nada tenía que ver con la banca del

Vaticano y demás negocios terrenales de la Iglesia. Ya había dicho a sus colaboradores que era preciso poner fin a políticas que dejaran al Vaticano a merced de explotadores, especuladores y estafadores de altos vuelos, como Sindona y Calvi. En sus conversaciones con Bernardin Gantin, el cardenal africano, empezó a dar los primeros pasos: volvió a hablar de una Iglesia de los Pobres, especialmente en el Tercer Mundo: «La Iglesia debe evitar el interés materialista y dedicar una parte de sus recursos a causas más humanitarias». Gantin propone que en la medida de lo posible el Vaticano invierta en proyectos que ayuden a paliar las injusticias socioeconómicas y la explotación: las finanzas del Vaticano deberían aplicarse a apoyar planes serios de desarrollo en África, Asia y América del Sur. Luciani, el Papa Juan Pablo I, dictamina: Gantin se hará cargo de *Cor Unum,* la organización de la Iglesia para la ayuda internacional, y Gantin acepta. Hasta ese momento las decisiones sobre esa organización estaban a cargo de Villot, el mismo que desaparecería los documentos que aferraba Luciani cuando murió, el mismo que desaparecería su testamento y sus sandalias y cualquier otro recuerdo suyo sobre la tierra.

En sus declaraciones frente a temas diversos —antes y después de resultar elegido Papa—, Albino Luciani no sólo sobresalió por su clarividencia sino porque daba cuenta al mundo de lo que se proponía, aunque ya desde sus días de Venecia se había definido como «un pobre hombre acostumbrado a las pequeñas cosas y al silencio». Cuando Papa, prefirió el calificativo de pastor espiritual al de Sumo Pontífice, y lamentaba que el papado hubiese cambiado su modo de vivir y trabajar: «Yo recibo cada día dos valijas de papeles: una en la mañana y otra en la tarde; una va y otra viene como los ángeles por la escalera de Jacob... pero no quiero más valijas en mi mesa. No acepto esta máquina que condiciona mecánicamente al Papa en sus funciones de trabajo y vida. El trabajo hecho de este modo se hace insoportable. No fui elegido Papa para hacer de empleado. No es así como Cristo ha pensado a su Iglesia».

La controversia de su tiempo, en torno a la bebé probeta inglesa, Louise Brown, que había escandalizado a la Curia y al sector más conservador de la Iglesia, tuvo otra mirada en Luciani: «Envío mi más calurosa felicitación a la niña inglesa cuya concepción fue realizada artificialmente. Por lo que a los padres se refiere, no tengo ningún derecho a condenarlos. Si actuaron con intención honesta y buena fe, podrían incluso ser acreedores de merecimientos ante Dios por lo que desearon y pidieron a los doctores que llevasen a cabo». Semejante espíritu abierto no podía sino desatar resquemores en los atentos inquisidores que lo cercaban.

Recién elegido Papa dijo a sus electores, tal vez como una premonición: «Dios os perdone por lo que habéis hecho conmigo». Era fácil prever lo que con este Papa se avecinaba: todo lo considerado sacrosanto podía seguramente desaparecer, el celibato sacerdotal, la oposición al control de la natalidad, al aborto, al divorcio, y el rechazo eterno a que las mujeres fueran ordenadas sacerdotes. Todo podía esperarse de Luciani, y la Curia discernía sobresaltada que acaso ya era tarde: lo habían hecho Papa. Era por eso que una significativa cantidad de obstáculos —finos o incisivos, abiertos o tramposos— iban siendo regados por la Curia ante el camino del Papa.

Es elocuente otro de los pocos testimonios de la hermana Vincenza Taffarel (quien después de la muerte de Luciani sería confinada por la Curia en un remoto convento): «En Roma, yo tenía la costumbre de llegar a la sala para la limpieza hacia las 8 de la mañana, porque sabía que no había nadie. Aquella vez fui como de costumbre: demasiado tarde me di cuenta que, en el fondo de la sala, estaba el Santo Padre en una situación de desconsuelo, y, junto a él, su secretario. Me disculpé y me retiré de prisa; todavía tuve modo de oír al secretario que decía: Santidad, es usted Pedro. Usted tiene la autoridad. No se deje intimidar!»

¿Cómo detener al Papa? ¿Cómo impedir semejante pensamiento, el de Luciani, que quiérase o no formaba ya parte del engranaje que constituía la Iglesia? Era el Papa. Un Papa que afirmaba, sin empacho, con muy explícito humor, que en el Palacio Apostólico no se encontraba un buen café y tampoco a nadie que dijera la verdad. A sacerdotes amigos que un día lo visitaron les pidió disculpas por no invitarlos a almorzar como en sus tiempos de Patriarca: «Aquí no se acostumbra: las paredes son de vidrio».

Pero había —para la Curia, y los implicados en los oscuros negocios de la banca del Vaticano— una solución.

—La siciliana!

No en balde la Curia, como la mafia, era en eso una muy ducha institución. Siglos de poder lo refrendaban.

Y contra ese poder, de manera casi delicada, el Pontífice Juan Pablo I empezó a arremeter: ante unas trescientas mil personas, el día de su coronación, decidió ir a pie en la procesión, igual que todos: rechazó el fastuoso trono portátil, la *Sedia Gestatoria,* la silla en que durante siglos los Papas eran enarbolados a través de su rebaño. El Papa Gianpaolo —así ya lo llamaban sus fieles— prefirió caminar entre su pueblo. Y rechazó la corona que a lo largo de centenares de años recibieron los Papas. Empezó a dirigirse en público a los fieles llamándolos «hermanos» en lugar de «hijos», como hacía Pablo VI. Y empleaba para sus alocuciones, de manera inconsciente o espontánea, la primera persona del singular, ignorando para siempre el mayestático *«nos».* Por esta y otras actitudes se ganaba el corazón de los fieles, pero nunca el corazón de la Curia.

—Agrio corazón! Soberbio, putrefacto!

Era Albino Luciani un hombre que causaba simpatía porque desde el primer momento se te entregaba, pero también un hombre ¿abstraído, indiferente...?

—Un hombre como si se dispusiera a partir quién sabe adónde, já!

Para los máximos representantes de la Curia cualquier declaración de Luciani era más un escándalo que una invitación a la reflexión. Se sirvieron de las declaraciones del padre Mario Senigaglia cuando reconoció que Luciani aceptaba a los divorciados y a otros que vivían en lo que la Iglesia llama «pecado». No le perdonaron que hiciera amistad con muchos no católicos; se lamentaban de que Philip Potter, secretario del Consejo Mundial de Iglesias, fuera huésped suyo en Venecia, y que entre sus otros invitados hubiese judíos, anglicanos y «cristianos pentecostales», y que intercambiara libros y cartas muy amistosas con Hans Küng —que negó la divinidad de Cristo, y a quien Luciani citaba favorablemente en sus sermones.

Para escándalo mayor, los periodistas habían descubierto que en 1968 Luciani escribió y presentó un informe a Pablo VI en que recomendaba que la Iglesia Católica aprobara el uso de la píldora. El padre Senigaglia recordó que en varias ocasiones lo escuchó diciendo a las jóvenes parejas: «Hemos hecho del sexo el único pecado, cuando en realidad él está ligado a la debilidad y fragilidad humana y tal vez por eso es el menor de los pecados». Citaba con frecuencia las palabras de Gandhi cuando dijo: *Admiro a Cristo, pero no a los cristianos.* Sus declaraciones eran por eso consideradas como blasfemias. Escandalizaba porque daba a entender que creía en un poder más compartido con los obispos de todo el mundo y porque planeaba una descentralización de la estructura del Vaticano. Insistía en que la Iglesia no debía tener poder ni riquezas. Por estas y otras afirmaciones sus detractores de ayer y de hoy se empeñan en demostrar que sólo fue un hereje manifiesto, y puesto que fue un hereje no podría ser un Papa válido; es decir, fue un antipapa.

—No fueron herejes Pablo II en 1471 y Clemente XIV en 1774, que fallecieron de glotonería.

—La sensualísima gula!

—Pecado capital!

Era Luciani alguien extraño a su tiempo, o extraño por lo menos a los obispos de su tiempo: antes de abandonar Vittorio Véneto, recién nombrado Patriarca de Venecia, rechazó una donación personal de un millón de liras; sugirió que emplearan el dinero en obras de caridad, y repitió lo que dijo a los curas de su diócesis, once años antes: «He llegado aquí sin traer siquiera cinco liras, y me voy a ir sin llevarme cinco liras», y se trasladó a Venecia llevándose sus libros. Ya en Venecia, las dependencias del Patriarcado destacaban sobre todo por la presencia permanente de desempleados en busca de ayuda, vagabundos, expresidiarios, mendigos y ladrones, mujeres que ya no podían ejercer la prostitución y que no se iban sin la ayuda efectiva del Patriarca. Su ocupación esencial eran los otros, los necesitados. Con razón, y sin vanagloria, ya Papa, señaló: «En toda esta semana los periodistas han hablado de la pobreza de mi infancia. Pero ninguno podría llegar a sospechar jamás el hambre que he conocido». De modo que sus visitas a los enfermos, a los prisioneros, no sólo eran simbólicas.

—Lo hizo bien, pues aquí estamos nosotras, hablando! Sin él (sin su por desgracia maldita mala suerte) no estaríamos nosotras aquí, las prostitutas viejas y las jóvenes, hablando!

—En todos los rincones de este mundo más de una de nosotras es filósofa!

—Todas lo somos! *Amicus Plato, sed plus magis amica est veritas!*

Una madrugada, cuando apenas despuntaba la delgada luz en las colinas de Roma, un guardia suizo lo vio pasar a su lado y salir por la *Porta Sant'Anna.*

«Pasó como una sombra!»

Salió y pisó suelo italiano, sin los documentos necesarios, sin el permiso oficial. No podía abandonar el estado pontificio y pisar un estado ajeno así como así: eso le dirían consternados ¿o escandalizados? los tres monseñores que acudieron a buscarlo. Porque, después de que el guardia hubo dado la alarma, y repetía ante ellos que acababa de ver al Papa pasar a su lado, saludarlo con un cordial «Buenos días» y salir por la *Porta Sant'Anna,* tampoco las tres eminencias recién despertadas pudieron creerlo. El guardia repitió que vio al Papa salir y avanzar tranquilamente fuera del Palacio, y que se quedó en mitad de la calle mirando a uno y otro lado. ¿Iba a escaparse? No se sabe. Más bien parecía haberse olvidado de algo. Y que allí lo dejó: en mitad de la calle, en suelo italiano.

En el grisoso amanecer, la blanca túnica del Papa flotaba a uno y otro lado, en el país de Italia, el país de sus padres, el país de sus abuelos.

El prefecto del Palacio Apostólico y dos de sus asesores ¿se consternaban entristecidos, o se rasgaban las vestiduras? «¿Dónde está ahora?», preguntaron. «No sé», les dijo el guardia: sólo atinó a buscar ayuda: se trataba del Papa: nada menos que el Papa, y se había escapado.

Entonces lo buscaron y encontraron en el jardín del Palacio Apostólico hablando de jardinería con el jardinero.

Allí lo increparon los alborotados Noé, Martín y Ciban, prelados; entre otras cosas lo reprendieron porque hubiese podido correr el peligro de un atentado de las Brigadas Rojas. Al oír aquello el humilde jardinero huyó aterrorizado. Los prelados continuaron llamando la atención del Pontífice respecto a sus deberes: la infalibilidad papal no quiere decir que un Pontífice pueda hacer lo que le parezca: hay ciertas normas. «En su calidad de jefe del Estado Vaticano, tendría que saber que no puede entrar en otro país sin hacerse anunciar y mucho menos sin escolta.»

Juan Pablo I les dijo que no era su intención molestar a nadie. «No ha ocurrido nada malo», dijo. «Y algo hemos ganado.»

¿Ganado? Los prelados se confundían. El Pontífice era ahora quien los aleccionaba: «Sí, ganado. Probablemente ninguno de ustedes se habría levantado tan temprano: nos hemos proporcionado un excelente comienzo de la jornada».

Y regresó al Palacio Apostólico.

—¡Ah! Y también en otras ocasiones volvió a desaparecer, ¿los asustaba?

—¡No! Les dio el terrible permiso para pensar que un Papa que no cumplía las reglas no merecía ser Papa!

A sor Vincenza esos desaparecimientos no la sorprendían. Dijo a los monseñores que Albino Luciani, cuando Patriarca, solía ir disfrazado como cualquier clérigo a comer pizza de algas al restaurante: nada raro que eso mismo ocurriera en Roma.

—De nada sirvieron sus desaparecimientos.

—Todo había terminado, y más pronto de lo que empezó.

—¡Ese hombre se iba a morir!

Lo que más fustigaba la impaciencia de la Curia eran sus parábolas, o sus metáforas —para entender mejor su inconsciente literario, o la inconsciente literatura que lo desnudaba: «Un hombre fue a comprarse un coche. El vendedor le dijo: Mire, este es un buen coche. Procure tratarlo bien. Eche gasolina en el depósito y aceite para los ejes. Que sea de buena calidad. El hombre respondió: Oh, no. Para que usted lo sepa, yo no soporto el olor de la gasolina ni del aceite. Lo que a mí me gusta es la champaña, y pienso echar champaña en el depósito. Y los ejes los engrasaré con mermelada. El vendedor repuso: Haga usted lo que quiera. Pero luego no venga a quejarse si usted y su coche acaban en la cuneta»...

Silencio.

«El Señor hizo con nosotros algo parecido. Nos dio este cuerpo, animado por un alma inteligente y una fuerte voluntad. Y nos dijo: Es una buena máquina. Pero trátala bien.»

Bastante más revuelo causó un domingo en la plaza de San Pedro cuando señaló que Dios era «más Madre que Padre». Al enterarse del escándalo eclesiástico provocado —debates peores que forcejeos— replicó que sólo se había limitado a citar las palabras del profeta Isaías.

En su alocución inaugural, como Papa, dijo que *el peligro que acecha al hombre moderno es que tiende a convertir la tierra en desierto, a la persona en autómata, el amor fraternal en colectivismo programado y a poner la muerte donde Dios quiere que haya vida.* Los millones de fieles y también los que no participaban de la religión cristiana oían confortados sus palabras: se trataba de un nuevo credo: «Nos proponemos dedicar nuestras oraciones y desvelos a todo aquello que favorezca la unión».

Pues «se proponía fomentar el espíritu evangélico, rechazar el autoritarismo, unir a los cristianos y mejorar los lazos existentes con judíos, musulmanes y pueblos de otras religiones».

En 1971 se le designó para que preparara el sínodo mundial de obispos. Esto fue lo que propuso: «Como ejemplo de ayuda concreta a los países pobres, sugiero que las Iglesias ricas se autoimpongan el pago del 1% de sus ingresos para entregarlo a las organizaciones de socorro que administra el Vaticano. Con este dinero, que podría llamarse *el patrimonio fraterno* y que no debe entregarse como limosna sino como *algo que se debe,* se podrían compensar muchas injusticias que comete nuestra sociedad consumista contra el mundo en desarrollo. Con una campaña de este tipo podríamos extirpar el pecado social, que es algo que debemos tener en cuenta y que por desgracia acostumbramos olvidar».

En su sermón de Pascua de Resurrección de 1976, el Patriarca de Venecia señaló: «Hay dentro de la Iglesia quienes sólo viven para causar problemas. Son como esos empleados que primero remueven cielo y tierra para conseguir un puesto y después de conseguirlo se pasan el día remoloneando sin hacer nada; hasta que se convierten en una plaga y un flagelo para sus compañeros y superiores. Sí, hay gente que sólo parece mirar el sol para ver si está sucio».

Escogía a los niños para que compartieran el micrófono con él. En cualquier momento citaba a Twain, a Marlowe, o al poeta italiano Trissula. Y se le ocurrió una nueva alegoría entre la oración y el jabón: «Si la oración se usa bien, puede resultar un magnífico jabón, capaz de limpiarnos a todos y convertirnos en santos. Si no somos santos es porque no nos hemos lavado todavía lo bastante con este jabón». Obispos y cardenales se alarmaban, y quienes seguían atentos la evolución de semejante Papa tan original convenían en que era «más cura que Papa». Se le acusaba de simplicidad, ¿pero no era, en efecto, la simplicidad que resultaba de una profunda sabiduría? Sea lo que sea, el periódico oficial del Vaticano, *L'Osservatore Romano,* se negaba en redondo a imprimir sus declaraciones. Pero por supuesto, sus alocuciones no se limitaban a metáforas. Admitía que llevaba veinte años como obispo, primero en Vittorio Véneto y después en Venecia, pero que no había aprendido bien su trabajo en Roma. «En Roma me pondré bajo la tutela de San Gregorio Magno, que escribió que el Pastor *debe acercarse compasivo a los que están a su cargo, olvidándose de su rango, y debe considerarse del mismo nivel que sus buenos súbditos, pero nunca vacilar cuando llegue el momento de ejercer los derechos de su autoridad contra los malvados».*

Así, en seguida de tomar posesión de su cargo como Papa, ante los embajadores de todas las naciones, remeció a la diplomacia del Vaticano cuando dijo: «*No tenemos bienes materiales que intercambiar ni intereses que discutir. Nuestras posibilidades para intervenir en los asuntos del mundo son específicas y limitadas y tienen un carácter especial. No interferimos con los asuntos puramente temporales, técnicos y políticos, que corresponden a vuestros respectivos gobiernos. En este sentido, nuestras representaciones diplomáticas, lejos de ser un vestigio del pasado, constituyen un testimonio de nuestro más profundo respeto por el poder temporal cuando se ejerce de manera honorable, un testimonio de nuestro fecundo interés a favor de las causas humanas que los poderes temporales deben tener en cuenta y mejorar».*

Respecto al control de la natalidad ya había asegurado que «esa situación (la posición de la Iglesia) no podía prorrogarse conforme a sus actuales postulados».

Al Secretario de Estado, Villot, el Papa Albino Luciani lo interpeló de la siguiente manera:

«Eminencia, nos hemos pasado casi tres cuartos de hora discutiendo el control de la natalidad. Si la información que he recibido, si las diversas estadísticas que he estudiado y si los informes que he recopilado son correctos, entonces durante nuestra plática más de mil niños menores de cinco años han muerto de desnutrición. En los próximos cuarenta y cinco minutos, mientras nosotros nos disponemos a comer, paladeando nuestros manjares por anticipado, otros mil niños morirán a causa de la desnutrición. Mañana a esta hora, cuarenta mil niños que en estos momentos siguen con vida habrán muerto por la desnutrición. Dios no siempre provee».

—Dios no siempre provee!

De todo esto Villot se inquietaba; del rumbo que tomaban las cosas —a todos los niveles: Luciani no aprobaba que los centinelas de la Guardia Suiza se hincaran de rodillas cada vez que lo veían acercarse.

Le dijo al padre Magee: «¿Quién soy yo para que se arrodillen a mi paso?». Pues, como informa el lúcido cronista, era costumbre todavía en los primeros tiempos del reinado de Pablo VI que los curas y las monjas se postraran de rodillas cuando se dirigían al Papa, incluso cuando hablaban con él por teléfono. Y a propósito de teléfono, si no había nadie, Luciani mismo no tenía empacho en atenderlo. Dezza, un padre jesuita, llamó en cierta ocasión al secretario para concertar una visita con el Papa. Del otro lado de la línea una voz le contestó:

«Lo siento, el secretario del Papa no está aquí en este momento, ¿le puedo ayudar en algo?»

«Bueno. ¿Con quién hablo?»

«Con el Papa.»

Dice el cronista: «Las investigaciones iniciadas por Luciani sobre la corrupción y las prácticas deshonestas habían acorralado a los culpables dentro de un hosco cerco de temor». Una y otra vez Luciani se apartaba en sus alocuciones públicas de lo que *tenía* que decir, es decir de lo que *otros* escribían para él: «Esto tiene un estilo demasiado Curial», decía, o: «Esto es exageradamente meloso», y corregía a sus correctores. En una audiencia privada con Vittore Branca, señaló: «Es verdad que soy demasiado pequeño para realizar grandes cosas. Sólo puedo aferrarme a la verdad y repetir el mensaje del Evangelio, tal como hacía en la pequeña iglesia de mi pueblo. Los hombres necesitan vitalmente estas cosas, y por encima de todo soy un pastor de almas. La única diferencia entre el párroco de Canale y lo que soy ahora estriba en la cantidad de fieles a los que me debo, pero la misión es la misma. Consiste en recordar a Cristo y su mensaje».

Los cambios que se proponía realizar —horas antes de su muerte— los discutió con Villot. Señaló quiénes debían ser destituidos de manera fulminante, y pidió la opinión de Villot. «Se dirá que habéis traicionado a Pablo», dijo éste. «También se dirá», replicó Luciani, «que he traicionado a Juan, que he traicionado a Pío. Cada uno encontrará una luz que lo alumbre, según cuales sean sus necesidades. En lo que a mí concierne, mi única misión es no traicionar a Nuestro Señor Jesucristo.»

—¿Por qué no nos recuerdas las palabras del bueno de Leví, también llamado Mateo, que viajó a Etiopía a predicar el Evangelio?

—Era cobrador de tributos, y fue el primero que escribió el Evangelio, ocho años después de la muerte del Señor.

—Lo escribió a petición de los discípulos!

—Escritor a cargo!

—Escribía en lengua siríaca, mezcla de hebreo y caldeo.

—Recuérdalo! Sé un pícaro triste!

—21, 12-13...

Y Jesús entró en el templo de Dios, expulsó a los que compraban y vendían dentro de él, y volcó las mesas de los que cambiaban dinero y derribó los asientos de los que vendían imágenes. Y dijo a todos: «Está escrito: Mi casa será llamada Casa de Las Plegarias. Vosotros la habéis convertido en cueva de ladrones».

VII

Los yermos pasadizos del Vaticano fueron los primeros en saludarlo, su primera noche de Papa a solas: una infinita desolación de puertas y escaleras, el íntimo laberinto del Palacio Apostólico...

—Ante ti, Albino Luciani!

—Hacia abajo, hacia arriba, la confusión de no saber hacia dónde o hasta dónde, ¿vas o vienes?, ¿quién eres?, ¿quién eres aquí, quién eres allá?, no saber si aquí o allá o más abajo del suelo de mármol, todavía mucho más abajo, al otro confín, ¿quién eres, quién eres aquí?, ¿quién eres?

Se quedó quieto.

—No podías moverte!

Y, por quedarse quieto, descubrió que había pasadizos entre los pasadizos. Y que innúmeras escaleras colgaban de las paredes a cada vuelta de corredor; puertas y escaleras: aparecían peldaños y más peldaños sumergiéndose en el piso de mármol, convocándolo a atreverse: así, ¿cómo buscar sosiego? Había querido encontrar el sitio donde preparar un café sin molestar a nadie, y no quiso auxiliarse del timbre dispuesto en su habitación; muy distinta sería Roma a Venecia: en el Palacio Patriarcal acudía en cualquier momento a la cocina y preparaba café, no sólo para él sino para sus asistentes. En Roma, en el Vaticano, en esta Santísima Sede ni siquiera daba consigo, podría perderse.

—Estaba perdido!

La soledad debía ser inmensa en semejantes universos encerrados. Ya su secretario le avisó de las 10.000 estancias y salones del Vaticano, sus 997 escaleras, 30 de las cuales eran secretas. En un periódico romano había leído que eran casi 28.000 puertas las del Palacio Apostólico, y exactamente 10.065 suites.

—Su propia casa!

Salones, habitaciones, salas de recepción, cámaras de audiencia, vestíbulos y sótanos unidos por 997 tramos de escaleras, que él desconocía, y leyó que sólo la residencia papal tenía 18 habitaciones.

—Tampoco las conocía.

Puertas y más pasillos entrecruzándose, risotada arquitectónica, largas y cortas escaleras: unas casi horizontales, otras empinadas, caracolescas, todas un camino de un brillo oscuro goteando en los peldaños, un brillo rojo que escurría, sumiéndose, un brillo que anunciaba que en lugar de subir descendían al abismo, resbalaban a la entraña más oscura, a los tenébreos pasadizos del infierno, la ciudad infernal —pensó arrepentido de pensarlo, sobrecogido. Y oyó algo como un lamento ¿o una disputa? que parecía provenir del mismo frío mármol que pisaba. Se arrodilló y puso el oído. Ya no era el Papa, era el niño; entonces creyó escuchar algo como un grito de su propio corazón en el piso.

Y prefirió como el niño volar a su cama de inmediato, ¿qué sucedía? Venían a su memoria las explicaciones de monseñor Martin sobre las sagradas reliquias del Vaticano, los huesos de los Reyes Magos, el cráneo de San Juan Bautista, la mano de San Gregorio, la ensangrentada túnica sin costuras usada por Jesús el día de su muerte, los huesos del profeta Eliseo, los huesos de San Luis, la cabeza de Santa Catalina de Siena y también su cuerpo sin cabeza, el manto de la Virgen, el pie de María Magdalena —y una parte del prepucio de Cristo, uno de los pocos trozos conocidos de Él—, además de 60 plumas del arcángel Gabriel, 4 de los dedos de San Juan Bautista —de quien hasta el momento se han contabilizado más de 60 dedos en el mundo—, el cayado del Patriarca Jacob, la vara de Moisés, el bastón de Aarón y una de las Arcas de la Alianza, el anillo de San Remigio, la tumba de San Galo, las flores de San Bernardo, la ropa de San Pablo, la medalla de San Benedicto y también uno de sus dientes, 9 coronas de espinas, 1.249 trozos de la Santa Cruz, 6 cordones umbilicales del Niño Jesús, 40 sudarios, 35 clavos de la Pasión —la Cruz dice que fueron 3—, 8 paños de Verónica, incluso algunas gotas de leche de los senos de la Virgen, un manojo de sus cabellos, trocitos de su camisa, otro Santo Grial,

12 de las 30 monedas que recibió Judas, las tablas de la cuna de Jesús, las 26 tumbas de los 12 apóstoles —y el invisible suspiro de San José, que se conserva encerrado en una urna.

32 carros cargados de huesos de mártires habían sido sacados de las catacumbas por orden del Papa Bonifacio IV y llevados a otros relicarios del Panteón romano: según eso, ¿no se hallaría otro entierro cerca de él, debajo de él, en el exacto sitio que pisaba, otra inmensa cantidad de huesos que lo llamaban lamentándose? Se sonrió con él, pero lejos estaba del sosiego, muy lejos, para su propia lástima.

Si algo bueno y placentero se había prometido en su íntimo interior Albino Luciani para hacer en el Vaticano, cuando Dios y los oficios papales se lo autorizaran, era visitar cuantas veces pudiera el Observatorio Astronómico, y recorrer sin testigos los Archivos Secretos del Vaticano.

Ese era su sueño recóndito: no el sueño del Papa sino del escritor que él era: la euforia de pasear por entre los exactos cincuenta kilómetros de estanterías repletas de libros, pergaminos y manuscritos donde se detallaban asuntos tan importantes como los argumentos de los teólogos elegidos para refutar las tesis de Lutero, las controversias apocalípticas en torno a Copérnico, el velado mandato de enviar a la hoguera a Giordano Bruno, los Testimonios de la Inquisición y

Otras Desgracias, informes del siglo XIII sobre los mongoles, documentos que iban desde Barbarroja hasta Napoleón, desde Lutero hasta Calvino, registros con dibujos estrambóticos y aterradores: mujeres, mujeres, mujeres, mujeres desnudas, mujeres con rostros de ninfas y cuerpos de bestias, poemas místicos ilustrados por pinceles mucho más místicos todavía, legajos de Pío XII sobre sus relaciones con los nazis...

Qué espléndida ocasión inquirir en la caverna de la llamada Sala de los Pergaminos, palpar más que leer las Actas de Juicio por Brujería, las cartas de Juana de Arco al conde de Armagnac (que contribuyeron a que fuera condenada a la hoguera como bruja), los detalles de la escandalosa vida de las monjas de Monza, la profusa correspondencia entre los Papas y Miguel Ángel, los memoriales de Copérnico, de Boccaccio, de Rabelais, recoger entre los dedos los crujientes pergaminos, luchar contra el deseo o la soberbia de comérselos, repasar los documentos del Parlamento sueco sobre la abdicación de su bisexual reina Cristina y su conversión al catolicismo, dolerse de la última carta de la reina católica de los escoceses —escrita al Papa poco antes de ser decapitada por orden de la reina protestante de Inglaterra—, descubrir la carta de una emperatriz Ming, escrita en 1655 sobre una hoja de seda bordada, pidiendo ayuda al Papa para cristianizar China, oír la vana petición de 75 lores de Inglaterra rogando al Papa que anule el matrimonio entre Enrique VIII y Catalina de Aragón, padecer las cartas de amor del mismo rey, lascivo y feroz, a la voluptuosa pero desventurada Ana Bolena, sopesar los sellos de oro de dos reyes españoles (cada sello un kilo de oro, río de sangre de los Incas), remontarse en el tiempo con los rollos de emperadores bizantinos, escritos en pergamino púrpura con letras de oro, fisgonear el dogma de la Inmaculada Concepción, oler su perfume ilustrado y encuadernado en terciopelo azul pálido, y develar el último de los tres secretos de *Nuestra Señora de Fátima*, encerrado en una caja de acero que sólo un Papa puede abrir (la caja la abrió en 1960 el Papa Juan XXIII, y se dice que lo que leyó «lo hizo temblar de miedo y casi desmayarse de horror»), examinar el volumen encuadernado de las actas originales y manuscritas del proceso a Galileo —un sabio a merced de la Oscuridad, pensó.

Toda esa posible indagación lo escalofriaba, solitaria retribución, su más alta recompensa, la única concupiscencia personal de su reinado, pero ¿estos huesos?, ¿estos huesos ocultos quién sabe dónde, estos pasadizos y puertas secretas, estos ruidos desde adentro del mármol a cada uno de sus pasos como si pisara lamentos?, no se lo esperaba, no lo deseaba, Dios, mejor orar, leer, se dijo, orar, leer hasta el sueño.

—Soñar!

—Rogar con un susurro de loco: *aparta de mí este cáliz!*

Con dificultad pudo encontrar de nuevo sus aposentos.

Orar, pensó, no recordar jamás este primer lamento del alma del Vaticano, las entrañas temibles que ahora piadosas sólo clamaron bajo sus pies —pero que él sabía que un día iban a tragárselo.

Otra tarde de septiembre emprendió sin proponérselo otro paseo laberíntico. Se perdió, o se lo tragó —físicamente— una escalera, de eso estaba seguro aunque no quería estarlo, y la escalera lo escupió en un pasillo: prefirió pensar que sólo había desembocado en un pasillo sin bifurcación, excepto una puerta blanca, con un pomo de oro y un bajorrelieve de San Jorge aplastando al Dragón: abrió la puerta y se encontró —como si cayera de bruces— cara a cara con varios religiosos (funcionarios y oficiales de la burocracia vaticana) que trabajaban alrededor de una mesa oblonga, atiborrada de documentos. La sorpresa fue mutua, de pasmo. Los ujieres y escribanos apostólicos presenciaron atónitos cómo el Papa Juan Pablo I pedía confusas disculpas y se retiraba.

Allí los dejó. Se devolvió por el pasillo y, para su desconsuelo, ocurrió que otra vez una húmeda escalera se lo *tragó* —y él no quería todavía aceptar la realidad de esa palabra— y lo escupió en el idéntico pasillo sin bifurcación, y volvió a encontrarse ante la puerta de San Jorge y el Dragón y otra vez a su pesar la abrió y se estrelló contra la cara blanca embarazada de los mismos funcionarios sacerdotes que lo miraban. Uno de ellos recordaría que el papa Juan Pablo I les dijo: *«Perdónenme. Sólo estoy tratando de conocer el lugar».*

Cuando se lo permitía el mundo, Albino Luciani —no el Papa Juan Pablo I sino el modestísimo escritor de cartas— volvía con su fascinación temible, la ineludible exploración del Vaticano. De manera espontánea y voluntaria y a despecho de la Curia que lo vigilaba desaparecía y se daba como un niño un breve paseo por entre el misterio y su contemplación. Pero esta vez sí fue por azar.

Cuando ocurrió, tal vez su sonrisa ya no era la misma; el rictus de la boca podía ser una sonrisa, pero ya no: honda estupefacción, espanto: estaba sentado al borde de su cama, dispuesto a acostarse, y volvía a recordar otra vez la información sobre esa casa, su casa, las 10.000 estancias, las 997 escaleras, 30 de ellas secretas, cada una con su respectiva puerta, y miró a la pared como si lo llamaran desde el otro lado del mármol, creyó que fue exactamente *como si lo jalaran de los ojos,* real, físicamente, lo jalaran de los ojos, y entrevió una leve fisura en la pared como una línea, y se acercó y arrodilló a examinar y descubrió otras líneas como hendijas que formaban una especie de efigies de ídolos remotos, y todas las efigies perfilaban el rectángulo de una puerta, era una puerta y la rozó con un dedo y fue como si la empujara violento, vio que había una estrecha y húmeda escalera descendiendo, vio que frente a él descendía una escalera, y comprendió que la más secreta de las 30 escaleras partía de su propia habitación y descendía, descendía, descendía, descendía interminable, descendía al infinito subterráneo, convocándolo ¿hacia dónde? ¿Hasta dónde?

Cerró la puerta. Sintió asco.

Era una repugnancia abominable, por lo fascinadora.

Con los brazos afianzándose en el aire volvió al lecho como si temiera caer y se extendió bocarriba, sin fuerzas para deshacer la cama. La sola contemplación de la escalera descendiendo le había producido una fatiga de siglos. Un espeso sueño pálido, como una masa de nubes, lo abatió.

Se soñó asomado a la ventana que daba a la cúpula de San Pedro: le pareció ver en el cielo un inmenso extraño pájaro pesado que flotaba deshaciéndose, «Es sólo una nube», había pensado, «una nube y nada más, ya no sé ni lo que veo».

Se despertó exhausto. Tenía el rostro bañado en sudor, ¿era la fiebre, o la repulsión ambivalente que le provocó el descubrimiento de la escalera?

La madrugada de ese mismo día dio la misa íntima, la matutina, a sor Vincenza Taffarel, a las otras monjas que la ayudaban, a sus secretarios —el padre Lorenzi y el padre Magee—, y, después de tomar otro café, ensimismado, pidió volver un momento a su habitación antes del inicio de la jornada, rogó volver solo, y volvió y se arrodilló frente a la fisura pero no se atrevió a empujar la puerta secreta, para comprobar si era cierto.

Sólo pudo orar.

Sólo quiso orar.

—Miedo, Luciani, miedo!

Ese mismo día, al atardecer, se dirigía con el prefecto a una audiencia privada en la Secretaría de Estado, y, de pronto, como lo más natural —como cuando se pierden dos amigos que caminan uno al lado del otro entre la multitud— el hondo pasillo que atravesaban se bifurcó instantáneo en dos escaleras: una se tragó al prefecto y la otra se lo tragó a él, lo escupió en otro pasillo recóndito donde se encontró a bocadejarro con una delegación de catequistas del mundo que visitaba el Vaticano con el propósito de entrevistar a Juan Pablo I: ya la petición había sido oficialmente desechada —le informaron ellos mismos—, pero en todo caso era un regocijo imponderable el azar de un encuentro con el Papa.

Luciani no dijo nada: todavía sonreía estupefacto de la veloz escalera que se lo había tragado, ¿o era que, realmente, como en su sueño, ya no sabía ni lo que veía y se imaginaba las cosas?

Los discretos catequistas se dispusieron a marchar: hubo una sola reverencia. Ninguno se atrevió a besar el anillo del pescador: descubrían aturdidos que Albino Luciani no lo llevaba puesto. El grupo —una única sotana negra—, se retiraba; era una compacta sombra huyendo que de pronto volvió la cabeza apasionada: el Papa los había encontrado a ellos, o ellos encontraron al Papa: ¿cuándo volverían a encontrarlo?

—¡Nunca!

Y se decidieron: una voz temblorosa representó la de todos: sólo pretendían escuchar, no al Papa Juan Pablo I, sino al primer promulgador de catequesis en el mundo, Albino Luciani.

Y Luciani, que en 1949 escribió y publicó un librito, *Catechesi in bricole (Briznas de Catecismo),* los atendía maravillado: ellos sólo aspiraban a escuchar de viva voz su opinión respecto a la catequesis de hoy, 1978, o lo que tiene que ser la verdadera catequesis en el mundo, ¿sería eso posible, Su Santidad?

—Muy posible —les respondió exaltado, deslumbrándolos.

Pues por fin podía olvidar la escalera secreta que descendía desde su aposento, y olvidar los pasillos bifurcándose en escaleras —esas veloces escaleras tragadoras—, por fin Dios lo salvaba: enviaba en su ayuda la memoria de su primerísima actividad de sacerdote, su más pura esperanza en el porvenir del hombre, la razón de sus trabajos y sus días, su único Amor, su Madre-Dios, la catequesis.

Acordó una sesión para el día siguiente, y lo hizo como Papa: la dictaminó, a pesar de una audiencia con los reyes de España y de treinta y cuatro citas relevantes con actores, empresarios, futbolistas y políticos de moda que guardaban turno desde hacía meses —como si acecharan.

Se sobrepuso por primera y última vez al tradicional escándalo de la Curia romana. Obispos y cardenales se apartaron de él, afligidos, ¿qué Papa era este?

La mañana siguiente acudió a la cita, desvelado: era esa pesadilla real —que no le permitía rezar ni leer: la invisible puerta de su habitación, y la escalera detrás, que palpitaba. No le era posible dormir, además, porque lo despertaban los ruidos de su propio cuerpo, lejanos aullidos de lobos pequeños, chisporroteos de insectos como vidas minúsculas en el pantano caliente de su estómago, burbujeos, quejidos y protestas de él mismo, de su carne, que él, con todo y que era Papa, sólo podía identificar como la humana premonición de la muerte. Pero se impuso al desvelo y atravesó la noche como si remontara una ciénaga espesa, invocando la ayuda de Dios.

Nunca más empujaría esa puerta, pensó.

Tan pronto amaneció se arrojó a su misa, al Evangelio. Incluso parecía de buen humor cuando se desayunó.

—Tenía una reunión con catequistas del mundo!

—A primera hora!

—Exaltación!
—Escalofrío!

Y acudió a la cita, puntual, custodiado por celosos representantes de la Curia.

Vestía una sencilla sotana negra.

—El Papa llegó!
No: llegó Albino Luciani.

Era un grupo numeroso, veinte o treinta muchachos
—sacerdotes muchachos, pensó. Como buen catequista, estudió los rostros, oyó los acentos: italianos, la mayoría, franceses y españoles, un alemán, un americano,
un hindú, ¿un chino o un japonés?, ya lo sabría.
La reunión se efectuó en la biblioteca del *Collegio
Pio Latino* de la Via Aurelia, donde años antes Luciani
presentó su obra *Illustrissimi,* esa colección de cartas
imaginadas a poetas y a escritores, a Jesús.
En el profundo silencio de la biblioteca, Albino
Luciani empezó diciendo que la Catequesis era para
todos los niños.
No sólo para niños católicos, sino para los niños
del mundo. Es la bondad contra el mal, instaurada
como una semilla desde pequeños: un himno al respeto, al amor por el otro. Nosotros no somos el mundo sin los otros.

«Abolid a Dios del corazón de los hombres, les dijo, «decid a los niños que el pecado es sólo un cuento de hadas que inventaron sus abuelos para que se portaran bien, publicad libros de textos escolares que olviden a Dios y se mofen de la autoridad. Luego no os sorprendáis por lo que ocurra. La educación por sí misma no es suficiente. Víctor Hugo escribió que una escuela más significa una cárcel menos. Ojalá esto fuera cierto hoy día.»

Alguien cerró la gran puerta de roble de la biblioteca. Hacía frío, a pesar del verano. Un viento helado parecía provenir de todas partes. Los espesos muros no dejaban que el sol penetrara: sólo una luz fría brotaba sin fuerza desde las altas ventanas ojivales. Habían sido dispuestos unos viejos pupitres de nogal —como un antiguo salón de clases—, pero no alcanzaron para todos: varios catequistas escuchaban de pie, recostados contra el muro. Luciani se paseaba lento por entre las cabezas absortas.

«*Catecismo* es palabra griega que significa enseñar en voz alta, o desde lo alto», dijo. «Es la enseñanza a viva voz de la religión.

»Pero se trata de una enseñanza especial: no la instrucción de la mente sino la educación de la vida: no busca meter en la cabeza algunas nociones, sino transmitir sólidas convicciones, conducir a la obra buena, al ejercicio de la virtud.»

El silencio los sobrecogió. El silencio, como una oración —que el mismo Luciani invocaba.

«Un día preguntaron a Miguel Ángel: ¿Cómo haces

para producir estatuas llenas de vida?, y él respondió: *Las estatuas están ya en el mármol, pero hay que sacarlas.*

»Los niños son el mármol», les dijo, inaudible como un desgarramiento: «de allí se pueden sacar los hombres de bien, los héroes, los santos.

»Si dejáis a un lado el catecismo, no sabréis qué medios adoptar para hacer buenos a los pequeños y hacer buenos a los grandes. ¿Pondréis ante sus ojos la *dignidad humana?* Los pequeños no la entenderán; los mayores se burlarán de ella. ¿Les pondréis delante el *imperativo categórico* de Kant? Peor aún.

»Hay que hablar a los pequeños de Dios!

»Muchos hombres, me diréis, han estudiado el catecismo, y, sin embargo, han llegado a ser pecadores empedernidos.»

Los ojos de Luciani los miraban, uno a uno. De pronto a todos:

«Pero el catecismo a lo menos habrá dejado en el corazón el remordimiento: este no les dejará tener paz con el pecado. Tarde o temprano los conducirá al bien, al arrepentimiento.

»Se dice que la filosofía y la ciencia son capaces de hacer buenos y nobles a los hombres. Pero no hay nada que se pueda comparar con el catecismo, que enseña de manera sencilla la sabiduría de todas las bibliotecas, que resuelve los problemas de todas las filosofías y satisface la investigación más difícil del espíritu humano.

»El catecismo nos anima continuamente: sed buenos, sed pacientes, sed puros, perdonad!

»Lástima grande que esta inmensa fuerza sea pobremente explotada! Personas que conocen la ciencia y han leído multitud de libros no saben nada del catecismo, jamás han leído el Evangelio.»

Un sombrío eco de alas batiéndose, no como un aplauso, sino como una disputa, irrumpió en la biblioteca, ¿eran la puerta y la escalera de su propia habitación, abriéndose y mostrándose, palpitantes?

Albino Luciani lo ignoró. A los grises sacerdotes les pareció que oraba por dentro, convocando fuerzas.

«De los pequeños se dice: Son muy pequeños, es pronto para enseñarles la religión!

»Pero los pequeños son capaces de impresiones religiosas desde los primeros instantes de su vida. Ningún hombre en cuatro años de universidad aprende tanto como en los primeros cuatro años de vida; tan decisivas e imborrables son las primeras impresiones recibidas. ¿Quién se pondría a los 20 años a estudiar la religión? Veinte años! La edad de los exámenes para cualquier estudiante, la edad del trabajo, del oficio, de la oficina, del empleo; la edad sobre todo de las pasiones, de las diversiones, de las dudas. Así, ¿quién tendría tiempo y voluntad de examinar las religiones del mundo para ver cuál es la verdadera y la mejor?

»Dicen los padres de familia: *nuestro chico debe trabajar, debe estudiar.* Es verdad, pero en primer lugar debe trabajar para ser bueno, debe prepararse contra las tentaciones del mañana. No se impide el acceso a las pasiones con la tabla de multiplicar de Pitágoras o con las herramientas del carpintero o con un diploma. Mañana el periódico, el cine y el bar se disputan al joven. Jamás como hoy se ha sentido mayor necesidad del catecismo.

»He aquí la misión del catequista: sustituir a Jesús y dar a los niños con el catecismo el agua de la vida eterna.

»El fruto no puede faltar, y segura es la recompensa del Señor, que ha dicho: *Todo cuanto hayáis hecho a uno de estos pequeños, lo habéis hecho a Mí.*

»El agricultor recoge la cosecha, pero sólo después de arrojar la semilla. El catequista es un sembrador. San Felipe Neri y San Juan Bosco catequizaban a los niños en cualquier rincón de la sacristía, y hasta en la calle, sin lujo de ambiente, sin medios, y, sin embargo, los encantaban como si fueran magos.

»Los transformaban.

»Los niños leen más en el catequista que en el catecismo, se impregnan más de la conducta que de las palabras.

»Se les graba más con los ojos que con los oídos. Son como la esponja: absorben todo lo que ven, y ven mucho. Tienen una antena finísima para captar lo que el catequista *es* interiormente.»

De nuevo Luciani se detuvo, de nuevo miraba a todos, uno por uno. Después sus ojos no miraron a nadie:

«Si el catequista no es bueno, su voz externa podrá decir lo que quiera, pero otras cien voces clamarán para desmentir lo que pronuncian los labios.

»No se logra insinuar a los niños la dulzura, el perdón, cuando negros pensamientos de rencor o de venganza dan arrugas a nuestro rostro.

»No se lleva a la pureza con palabras bonitas, cuando feos hábitos y pensamientos pecaminosos obscurecen nuestra alma.

»No se concibe un catequista sin verdadera piedad. ¿Cómo podrá hacer amar al Señor si él no lo ama? ¿Cómo enseñará a orar, a frecuentar los sacramentos, si no tiene gusto por la oración?

»El niño no soporta la parcialidad y la injusticia y cuando la ve o cree verla, sufre, se aleja y se encierra en sí mismo.

»Hay que guardarse de las simpatías hacia los niños más ricos, más listos, mejor vestidos; si hay alguna preferencia debe ser para los más pobres, los más rudos, los más deficientes.

»Los niños son muy sensibles a la verdad, y tienen gran confianza en el catequista. Jamás debe permitirse por chanza decir cosas no ciertas o hablar con reticencias o con doble sentido. El catequista procurará tener en esto cuidado para no perder delante de los niños el prestigio de ser hombre de palabra.

»Hablar con lenguaje fácil y sencillo, es difícil. El niño es un caricaturista terrible: un mínimo de ridículo que haya en el catequista lo descubre en seguida. No se muestre por tanto miradas crueles, ni tristeza exagerada.

»Si tenemos cruces y desdichas no las hagamos ver a los niños; y si por fuera llueve o truena, el aspecto de nuestro rostro sea sereno.

»No gritar ensordeciendo, ni tampoco hablar demasiado bajo. El comportamiento o presentación externa tiene también su importancia. La elegancia exagerada, los perfumes, los polvos, el colorete de la catequista o el aire truculento del catequista hacen reír a los niños, y la negligencia, el desaliño, les impresiona malamente».

Las manos de Luciani los exhortaron:

«Ir a la clase de catecismo es ir a hacer una cosa grande!

»Buena voluntad, oración. Sin la meditación las convicciones no son profundas en el alma.»

Y apremió:

«Es preciso conocer a los niños no sólo en general sino *uno por uno*, porque entre ellos no hay siquiera dos que sean perfectamente iguales. Cada niño es una palabra de Dios que no se repite jamás.

»Nosotros también fuimos niños: muchas cosas las recordamos bien: lo que nos agradaba, aterraba, o aburría.

»El niño se presenta ante nuestra vista como un libro abierto, con sus acciones, y parece decirnos: *si quieres conocerme, léeme*. Y se lee observándolo.

»Se lee también *oyendo* al niño. El médico no sólo observa si los pulmones del enfermo se hallan en buen estado, sino que averigua qué clase de aire respira. Algunos niños están dotados de buenas cualidades, pero en la casa respiran un aire viciado, corrompido por las blasfemias y los malos ejemplos que reciben.

»El niño tiene ojos, manos, oídos, lengua, garganta, que quieren intensamente ver, hablar, oír, gustar. El niño es todo movimiento y juego. El juego es la única cosa que el niño hace con empeño, lanzándose a ella con toda el alma, más que nosotros a las cosas serias.

»El niño es todo corazón y sentimientos. A veces ríe, a veces llora. El catequista se guardará de ofender el sentimiento del niño: la ironía no debe emplearse con él.

»Sed padres, sed madres!

»El niño es todo fantasía. Por eso es necesario darle impresiones buenas y sustraerle a impresiones pecaminosas, alejarlo de escenas pavorosas o inmorales, no contarle hechos horripilantes o extravagantes de espíritus que se aparecen o de personas arrebatadas por el diablo.

»El niño tiene una fe ingenua: cree fácilmente las cosas maravillosas, los milagros, los misterios. El catequista debe corresponder a esta fe ingenua, *respetando la verdad*. Jamás contar como verdad lo que se ha inventado; no dar por cierto lo que es dudoso, no exagerar ni juzgar las acciones. No intimar al niño que ha dicho una mentira: *confiésate o vas al infierno!*

»El catequista debe aprovechar la confianza que el niño tiene en él, para darle confianza en la Iglesia y en Dios.

»El catequista debe ver en el niño un hijo de Dios, un hermano de los ángeles, y recordar que el Señor pedirá cuenta estrecha de la manera como el niño ha sido tratado: *El que acoge a uno de estos pequeñitos me acoge a Mí.*

»El que no está persuadido de esto y no muestra por el niño un respeto sobrenatural, no es digno de estar con un niño: perjudica la obra de Dios!»

Allí se detuvo Albino Luciani.

Qué pensaba, nadie lo sabe. Acaso los catequistas del mundo esperaban otra cosa.

—Acaso, entre tantas sotanas negras, un pederasta, un feroz lujurioso escuchaba!

—O varios!

—O todos! Cruel, ecuménica ironía!

—Metidos a catequistas para amanojar niños como flores!

—Curas universales...

¿Quiénes me hablan, por qué me interrumpen?

—Somos las prostitutas de Venecia, las prostitutas viejas y las prostitutas jóvenes, ah, pobre amanuense de nuestras voces!

Luciani aguardaba, ¿qué aguardaba? Miraba a todos y a nadie. Hacía mucho no impartía la catequesis, y allí estaba, en compañía de los mismos catequistas del mundo. Reanudó la charla: dijo que los cuentos tenían la ventaja del parangón y los ejemplos, y que además daban luz a la inteligencia.

«Las mejores narraciones son las tomadas del Evangelio y la Historia Sagrada. Otras pueden tomarse de la vida de los santos, con tal que sean verdaderas. Si contamos hechos inverosímiles, parábolas, es preciso decir a los niños que son cosas inventadas.

»El saber contar es una de las mejores cualidades del catequista.»

Aquí Luciani otra vez se detuvo. De nuevo buscaba los rostros, los escudriñaba.

«El catequista sólo tendrá virtud si se hace niño como los niños!»

«Orar quiere decir hablar con el Señor», les dijo. «Orar es fácil. No se ora solamente en la iglesia.

»El catecismo no se aprende para ser muy sabio sino para ser muy bueno. No es sólo enseñanza sino vida.

»Es vida!», pareció rogar.

Hubo un momento de indescifrable inquietud: el pasmoso batir de alas parecía arrojarse otra vez encima de todos, y opacaba la voz del pontífice Albino Luciani:

«*Los ejemplos,* a veces, son casos prácticos en los que se explica mejor...»

Se interrumpió: alguien acababa de abrir la crujiente puerta de la biblioteca.

¿Quién?

Aparecía en la puerta Paul Marcinkus, banquero de Dios. ¿Equivocó el camino, en esa jungla de puertas?

—Lo equivocó! Lo equivocó! Se lo tragó una escalera, como a Luciani!

—Allí lo escupió!

En el estómago del alma: la biblioteca.

IX

Era Marcinkus, en cuerpo y alma.
No todos los sacerdotes sabían de quién se trataba,
pero sí la mayoría.

Marcinkus tenía la cara grande, más ancha que larga, y el cuerpo era mil veces su cara: desmedidas y
rojas sus manos; los brazos demasiado largos, el cuello
no existía: la cabeza una roca pegada al cuerpo: no en
vano había protegido a puntapiés al Papa Pablo VI del
cariño de una multitud de católicos que lo asediaba,
sólo para tocarlo, a ver si por tocarlo se repetía el mi-
lagro que Cristo hizo a la mujer enferma (Cristo había
preguntado a la multitud: *¿Quién me ha tocado?* Ella se
descubrió y Él dijo: *Tu fe te ha curado).*
Por semejantes patadas a diestra y siniestra Marcinkus se ganó el interés de Pablo VI. De allí en adelante el Papa lo protegió a él, a su otra poderosa manera:
en poco tiempo Marcinkus resultaría emperador de la
banca del Vaticano. Por su cara, por su cuerpo y sobre
todo por su carácter se ganó entre la Curia el apodo
de *Gorila* —que era repetido con temor a sus espaldas.
Marcinkus había realizado sus estudios en Roma,
en la misma universidad que doctoró a Luciani en Teo-

logía: la Universidad Gregoriana. El futuro banquero de Dios se doctoró en Derecho Canónico.

—Y, por ser como era, por llamarse Paul Marcinkus, oriundo de Illinois, también el príncipe del averno lo llamó a sus filas y lo protegió —a su otra poderosa manera: lo inmensificó, le dio el don de la ubicuidad, le hizo crecer en los sesos plumas de ángel maligno, lo bautizó con agua negra del infierno —que dicen que huele a incienso pero que es en verdad estiércol humano.

—Lo consagró al revés!

—Ya lo reñía, ya lo impugnaba, ya lo espoleaba a contender, ya lo amonestaba —desde la llegada victoriosa de Albino Luciani a la *Sede*.

Marcinkus apareció justo cuando Luciani abordaba el tema de los *ejemplos*.

Luciani no se sobrecogió ante la enorme figura en la puerta. Marcinkus sonreía con mordacidad: acababa de entender que se trataba de una simple lección de catecismo impartida por el Papa. Pero el Papa sonreía también, al lado opuesto de la mordacidad.

Y ambas sonrisas se encontraron y sufrieron —cada una a su manera.

Entre las frías estanterías repletas de libros mucho más fríos todavía los catequistas del mundo se removieron, intrigados. Igual que niños en la escuela un profundo respeto los embargaba: estaban en Roma.

Una hora antes (al fin y al cabo invitados especiales de Su Santidad Juan Pablo I), en compañía del cardenal Villot, que más que amable guía parecía un vigilante vigilándolos pedazo por pedazo, habían recorrido algunos de los más renombrados meandros de la Santa Sede: el Patio del Mariscal, la Sala de las Bendiciones, la Capilla Paulina, los consagrados peldaños de la *Scala Regia,* la Capilla Sixtina, el Patio del Loro, la *Stanza della Segnatura,* galería decorada por un gran fresco de Rafael, los aposentos de los Borgia y la Galería Lapidaria. Subieron las escaleras de Pío IX que conducen al Patio de San Dámaso y, por último, después de un refrigerio casi delicado se habían dirigido caminando en negra fila al Colegio Pio Latino, en la Via Aurelia, cerca de la Basílica de San Pedro, donde ocurriría su trascendental encuentro con Luciani.

Todavía la admiración de ese paseo los abrumaba.

Pero otra admiración los embestía ahora al avistar al portentoso visitante que, con un fingido guiño de disculpa ya empezaba a retirarse.

Albino Luciani lo detuvo con un gesto.

Le dijo:

«Ayúdenos, monseñor, con el siguiente ejemplo».

Marcinkus entreabrió la boca, desconcertado. La expectación cruzó por todos los semblantes. Marcinkus pareció intentar sonreír, pero no le fue posible. La mueca era patética: en todo caso era el Papa Juan Pablo I quien demandaba —¿ordenaba?— su ayuda.

Eso lo congeló.

¿A qué rincón había caído?

Sólo entendía, confundido, que a doce pasos de distancia el Papa Juan Pablo I empezaba a bosquejar su ejemplo, y lo hacía sin preámbulo; entonces recordó, en un segundo, que aquel sencillo ensotanado no era únicamente el Papa, sino Albino Luciani, expatriarca de Venecia —que un día hacía años había visitado infructuosamente la Santa Sede, nada menos que para «rogar reparar de inmediato» la falta cometida contra cientos de sumisos ahorradores de la Banca Cattolica.

Albino Luciani no quitaba sus ojos de los otros ojos aviesos que lo inquirían.

Dijo:

«Antonio es un campesino. Tiene en el establo cuatro vaquitas».

El diminutivo, *vaquitas,* hizo renacer la irónica sonrisa en el ancho rostro del Gorila. Avanzó un paso, solemne, y permitió que la gran puerta de roble se cerrara detrás de él. Fue como si aceptara, respetuosa, comedidamente, su azarosa participación en la lección de catequesis. Fue como si gritara que eso lo enorgullecía.

Y escuchó, obediente, la inmensa cabeza doblada:

«Antonio lleva la leche a la lechería.

»Pero cada día pone a la leche un poco de agua, porque piensa: *Así pesa más y recibo mejor paga.*

»¿Hace bien o hace mal Antonio?»

La voz de Luciani esplendía, dirigida a él:

«Tenga la bondad de responder, monseñor».

Ahora la sonrisa de Marcinkus se derrumbó. Otro batir de alas en la alta bóveda de la biblioteca los sobrecogió: no era un aplauso, era una disputa, voces como espadas chocando, fuego y llanto y gritos y dolor. Un solo grito de mujer. Venía de lo alto, pero también de abajo, de algo como un éter subterráneo. El grito se recrudeció y desapareció. ¿Lo oyeron todos? En el frío una especie de calor ruborizó cada semblante: parecía que todos los sacerdotes se avergonzaran.

Marcinkus también enrojecía; el rostro, pulcro y afeitado, que llegó pálido y frío, era sólo una mancha de sudor. No quedaba alternativa. Se hallaba entre la espada y la pared: se hallaba en mitad de sacerdotes: él mismo era un sacerdote, recordó. Y todavía su rostro dudaba, al responder.

«Hace mal», dijo.

«Hace mal. Comete pecado.» La voz de Luciani, casi un gemido:

«¿Contra qué mandamiento ha pecado?»

«Contra el séptimo: no robar.»

«¿Y por qué ha pecado contra el séptimo mandamiento?»

«Porque ha robado a los que compran la leche.»

«Pero, el que ha robado, ¿basta que se confiese?»

Marcinkus guardó sufriente silencio. Esto era demasiado, ¿una trampa? No podía permitirlo.

Iba a retirarse.

De nuevo la voz y la mano de Luciani se lo impidieron:

«No», dijo: «debe restituir. No basta que se confiese: debe reparar el daño causado.»

Una leve inclinación de cabeza y Marcinkus huyó: la gran puerta de roble sonó con terrorífica voz a sus espaldas: era una campanada. Su odio alcanzó proporciones infernales.

—A la medida de su alma ofendida!

En la biblioteca, el Papa Juan Pablo I, sin arredrarse, dijo a los catequistas del mundo que preguntaran lo que quisieran, que él intentaría responder.

—Su suerte estaba echada!

X

La última noche, a las siete y media de la noche, después de su entrevista con Villot (en la que ordenó las inmediatas destituciones), el Papa Juan Pablo I se reunió con el padre Magee. Cuenta el cronista lúcido que Albino Luciani y su secretario recitaron a dúo la parte final del breviario del día. «A las ocho menos diez se sentó a la mesa con Magee y Lorenzi. Las hermanas Vincenza y Assunta sirvieron la cena: consomé, bistec de buey, frijoles verdes y ensalada: Luciani apenas si bebió unos sorbos de su vaso de agua; Lorenzi y Magee bebieron vino tinto. »A las nueve menos cuarto Lorenzi le puso en comunicación telefónica con el cardenal Colombo. Más tarde el cardenal Colombo recordaría: Me habló largo rato, con un tono de voz normal, del que no se podía inferir que sufriera molestia física ni enfermedad. Estaba completamente sereno y lleno de esperanzas. A modo de despedida me dijo: *Rezad.* »Después se dedicó a retocar una alocución que pensaba efectuar para la Compañía de Jesús, el sábado 30. Pero dejó a un lado el discurso y recogió otra vez los documentos que avisaban de los drásticos cambios discutidos con el cardenal Villot. Con esos papeles en la mano se levantó, se encaminó a la puerta de su despacho, la abrió, vio al padre Magee y al padre Lorenzi, y se despidió de ellos de esta forma: *Buona notte. A domani. Se Dio vuole.*

»Faltaban cinco minutos para que dieran las nueve y media. Albino Luciani cerró la puerta de su despacho: había pronunciado sus últimas palabras.

»Su cuerpo sin vida sería encontrado a la mañana siguiente.

»El Papa Juan Pablo I murió asesinado en algún momento entre las nueve y media de la noche del 28 de septiembre y las cuatro y media de la madrugada del 29 de septiembre de 1978.

»Fue el primer Papa que murió a solas en más de cien años, pero hacía más de cien años que ningún Papa había muerto asesinado.»

Se despidió de Magee y de Lorenzi: «Buenas noches. Hasta mañana. Si Dios quiere», y lo dijo agitando una mano —no como quien se va a dormir sino como quien ya se va, definitivamente.

Y ya solo en su aposento redescubrió, de manera fulminante, la puerta en la pared; había conseguido olvidarla, a fuerza de oración, pero imposible no recordarla ahora, pues la encontró abierta.

—Alguien la había abierto para entrar a su aposento! Alguien la había abierto para salir!

Por un segundo tuvo el propósito de volver sobre sus pasos y llamar a Diego Lorenzi —el secretario que lo acompañaba desde sus tiempos de Patriarca, el taciturno sacerdote en quien más confianza tenía— para que compartiera con él la caverna que se abría en su pared, su descubrimiento; repartiría la carga; tendrían alivio sus espaldas: y se dispuso a *llamar* en voz muy alta, llena de su miedo, llamar a Lorenzi como a la última ayuda, pero otro estruendo de lamentos como una disputa en el aire lo detuvo: ya no sabía ni lo que oía, pensó, se imaginaba las cosas.

Y, como pudo, se sosegó.

Tenía todavía su mano extendida, la voz a punto, dispuesta a llamar; sabía que del otro lado aún se encontraría Diego Lorenzi. Pero se arrodilló. Y repitió para sus adentros, sin lograr abstraerse, el Salmo 130. Veía su cama, la mesita de noche, los documentos que había puesto encima, no grandes lecturas, pensó, sino pobres documentos asustadores, y el pequeño frasco del remedio que debía beber todas las noches: se incorporó y se lo bebió de un trago. Hubiese preferido agua pura de las montañas, el agua que bebía después de la jornada, cuando iba a la escuela con los pies descalzos; terminada la lección debía llevar la vaca al pasto y cortar heno; también de seminarista se pasaba los veranos cortando heno en las montañas: agradecía a Dios el agua pura del río que lo aliviaba.

Y ahora, sin pensar más y sin dudarlo, corrió al revés: en lugar de buscar al padre Lorenzi regresó a la pared que lo aguardaba como una boca abierta. Y escudriñó sin arrepentimiento la estrecha escalinata, húmeda, temible, que bajaba desde su propia habitación pontifical, ¿hacia dónde, hasta dónde?

Y se lanzó.

Todavía echaba una mirada atrás, como para cerciorarse de que nadie era testigo de la pecaminosa curiosidad que lo asediaba. Se lanzó. Descendió.

—¡Descendiste, padre Luciani!

—¿Quién te lo ordenó?

—¿Él?

—¡Él, Él!

En lo hondo parecía latir una llama, siempre en lo más hondo de la húmeda escalera que bajaba, una fisura en el aire, iluminada, ¿otra puerta que lo emboscaba?, una exigua danza de luz como implorando que él la tocara, y la tocó, al fin, después de descender atropellado los como infinitos peldaños, la tocó y entonces mucho más abajo otra llama apareció, y otra todavía más abajo, que lo atrajo con más fuerza. A esa última se abalanzó precipitado. La humedad olía: era un aliento amargo: todo él ya estaba impregnado: la piel de su rostro era húmeda y amarga, igual que la piedra húmeda y amarga, negra, de los duros peldaños que pisaba. Se lanzó a la última llama y la tocó.

Todo se oscureció.

Oyó —como a siglos de distancia— que la puerta secreta del aposento pontifical se cerraba a sus espaldas dando una voz como una campanada, y brotó a lo desconocido: ¿el desierto?, las pirámides de Gizeh: en mitad de una bruma anaranjada asomaban los tres picos, anaranjados. La arena dorada cubría el aire, golpeaba sus párpados. ¿Atardecía? La Necrópolis de Ur, de piedra pálida: emergían cabezas de momia y papiros que se desenrollaban aleteando interminables; un anfiteatro, elefantes tallados en roca, leones encima de desesperadas gacelas; en mitad de la palestra presenció el coito vivo de briosos sementales y yeguas amaestradas. No era el único Papa que lo presenciaba. Y se encontró a las puertas de un santuario rupestre, y distinguió las sombras que avanzaban como esqueletos doblados, ¿eran peregrinos?, cada sombra se esfumaba sumergida en el vientre de una Abadía erigida en mitad de un charco humeante: plantas acuáticas flameaban venenosas, una fétida exhalación invadió el aire.

Cerró los ojos adoloridos.

Los abrió y ya no había arena. Ahora las pirámides eran pináculos de oscuros edificios, ¿o chimeneas de innumerables casas, de hogares felices en Navidad? Ya se encontraba frente a ellas: cada casa era una suerte de pequeña catedral.

—Cada casa una catedral! Una basílica desconocida!

Voces lastimeras parecían surgir de las ventanas ojivales, de las puertas en arco. ¿O eran mujeres que cantaban? Herían. Los quejidos herían.

A medida que cada uno de sus pasos transcurría en el aire uno y otro mundo aparecían. Había desembocado en una ciudad.

Y, sin entender aún si se movía, ya estaba asomado a una antigua plazoleta: el viento volvió a soplar; la arena rojiza creció bajo sus pies, tembló igual que una alfombra viva, las casas o pequeñas catedrales se extraviaban velozmente, ¿era el invierno?, un pájaro gris aleteó a su lado, encima de algo que parecía un tarro vacío. Un grito momentáneo se oyó por encima de las alas del pájaro, ¿era el pájaro?, ¿era el grito de alguien muy cerca?, podía ser el grito de un hombre o una mujer, el pájaro, pensó, fue el pájaro. Algo o alguien demandaba su atención como una mano helada en el hombro, pero no veía a nadie. No sentía temor, más bien humillante curiosidad, no sólo de la ciudad insospechada que aparecía frente a él sino de sí mismo, porque el deseo de adentrarse en la ciudad resultaba tan imperioso como el de echarse para atrás, buscar el templo más cercano y arrodillarse y orar. Era el Papa, pero también era, sobre todo, el monje, y tenía que orar por él, pedir perdón por el pecado de sus visiones, perdón por su imaginación, perdón por el pecado inmenso de sus dudas.

Se detuvo ante la iglesia iluminada en la niebla, una casa de piedra renegrida, que podía ser hospitalaria —pero no lo era: de allí salía el grito, pensó, de la pequeña casa iluminada. ¿No era La Pietá? No: era la Capilla del Coro. Desvariaba. Por primera vez pensó que desvariaba. Era el altar. Se acercó, las manos extendidas como si pretendiera palpar el aire para saber dónde estaba, sólo para saber dónde, dónde estaba. ¿Veía el Ábside? No. Era el dedo de Dios, insuflando ánimo de vida, ¿cuántos —se gritó— siguen vivos y ya se han muerto?, era el altar de San Jerónimo, ¿cómo no lo supo?, estaba arrodillado ante su imagen, pero el pútrido olor persistía: tuvo que recoger parte de su hábito y cubrirse la nariz y correr en busca de otro aire menos impuro. No corría solo: otros pasos corrían a su lado, restallando uno por uno sobre la fría nave de la Iglesia, pero él no veía a nadie. Y ahora corría de norte a sur por la desierta plaza de San Pedro. Se había detenido al pie del Obelisco ensangrentado. Allí se recostó, exhausto. Y entonces varias sombras feroces lo rodearon y lo clavaron en la cruz y lo enarbolaron crucificado bocabajo, porque él pedía a gritos no ser crucificado como Él: vio en el aire dos cruces que formaban un signo abominable, tachado por un madero vertical que ondeaba como fuego.

«Apiádate de mí!», gritó.

Sombras multitudinarias llenaban el aire. Era el primer Papa de la tierra, Vicario de Cristo, crucificado como Él, pero al revés. Huyó. Huyó él, o su sombra.

—Huiste, Luciani, ¿qué más esperaríamos de ti?

Subida en el árbol, pequeño mono blanco, una muchacha en cuclillas, desnuda, encima de una rama añosa y blanca, una mano apoyada en una hoja, la otra en otra hoja árida, un árbol muerto, la muchacha rezumaba sangre, la vida gravitaba en su sexo, delgado mordisco en carne pura, otra fisura, otra llama que lo convocaba, otra puerta.

Albino Luciani sólo vio una muchacha en el frío. Pero oyó la voz dulcísima:

«Yo ardo, Luciani».

Y:

«Este es mi tormento feliz. Mírame. ¿Ves mi fuego?». El monje la miró, primero a sus ojos —que eran claros y negros y en todo caso abismos— y luego a su sexo: la breve llama lo hirió de un dolor desconocido. «Es Dios», gritó, perplejo de gritarlo. Y cerró los ojos: «Es Dios».

Oró. Aquí estoy, Dios mío, invadido de esta palabra trémula que nunca pronunciaré, palabra que invoca a risa, pero que está hecha de llanto, «Búrlate de mí», gritó. En el ámbito respondió su eco de adentro, más espeso que cualquier eco, más fuerte y más hondo, que lo remeció: «Óyela».

«Cúbreme hoy», decía ella con voz enronquecida, «mañana no.»

En la luz de atardecer que provenía de los extraños cielos encima, en mitad de la luz, la muchacha saltó a él como una pantera. «Descansa conmigo», la oyó. Y se extendió, supina, convocándolo como la llama. A sólo un paso de distancia la negra y profunda escalera reapareció.

La muchacha sonreía. El monje dudó: sólo descansar la cabeza en su regazo y pedir perdón por hacerlo, pedir perdón... pedir perdón, pedir perdón por hacerlo, pedir perdón! Las rosadas manos presurosas trazaban signos como cantos de perdición ¿o de alabanza?, la vio esplender: su punzante secreto, su solemne belleza, su insondable herida de mujer; las rosadas manos se abrieron y cayeron en el centro de su cuerpo apretándose ahí, con desesperación, la boca sonrió sin sonido y, entonces, con un gesto imposible como un alarido, se despojó de su corazón con las uñas y se lo ofreció. El monje desvió los ojos aterrados: era esa la prueba de la que ninguno salía vivo, excepto uno, el de la fe, y, sin volverse a mirarla, se lanzó al abismo de la escalera, y sufría: quería volver la cabeza para mirarla por última vez, y no lo hizo.

Después ya no la buscó jamás.

Oyó que ella se desintegraba a sus espaldas en una larga, cadavérica, risotada.

—Huyó, el próvido Luciani!

—Huiste otra vez, después de enfrentar la más conmovedora de las creaciones!

—La mujer!

—Lo dicen los Textos!

—Lo substancial!

—Nuestras vaginas dadoras de hijos, de estirpes y de pueblos, nuestras heridas calientes, nuestros sexos superiores, nada ni nadie podrá igualar nuestro dulce sufrimiento!

—Mejor huir, Luciani. Huir!

—¿Nos escuchas, allá?

—Ah! Desconociste la otra muerte, la velocísima muerte que los poetas pregonan como la gloria, porque después de morir se sigue vivo y se bosteza de felicidad. Tú nos entiendes: somos las prostitutas de Venecia, las prostitutas viejas y las prostitutas jóvenes, tus amadoras!

Cuando se arrojó a vomitar en la alcantarilla una música de piano lo acompañó, y a cada dolor, a cada arcada, la música se empeñaba en auxiliarlo: vomitaba aire, sólo aire, y proseguía la música, como Dios: ahora Dios era la música, y él, ¿era posible?, ¿estaba muerto? Todo acabó: la amada ignota desconocida nunca jamás enaltecida (acaso la monja en un sueño desnuda abanicándose encima de él en su cama su pecado como dulce viento demoníaco, la misma monja lujuriosa trepada en el árbol hacía unos instantes),

119

y la Iglesia, y los pobres de la tierra, y esa falta de puros amigos rodeándote, esa falta de manos con la sinceridad de unos ojos detrás, esa falta de ojos y manos, sólo quedaba su muerte, el fango del éter, donde colgaba el cuerpo de Adán, elaborado en arcilla babilonia... donde quedaba el jardín del Edén, la Atlántida y el Gehena.

—Abismo de miles de años!

Buscó, encontró, o imaginó, un oasis.
Allí se purificó por la oración y el agua.

Pero la inmensa estatura de una mujer en arcilla, vio.
—Sólo sigue solo tu camino: ya vendrá la hora de reposar!

Sombras de cabezas hablaban alrededor, sombras terrosas que contaban historias de hombres y mujeres que se amaron con lenguas y pelos y narices, se ayuntaron en invierno y en verano, procrearon felices, ah la prodigiosa risotada del que ama, pensó, estoy pecando de pensamiento palabra obra y omisión, Dios!, los cuerpos los cuerpos los cuerpos la carne la carne la carne, lastres del alma, nos hieren de peso!

Los cielos no eran realmente cielos; eran los salados mares de la tierra, encima del infierno, ¿había visto eso en un lienzo, o lo soñó? Estaba muerto ¿o moría en este instante, y este era su tránsito? Un relente agrio se pegaba a sus huesos, congelándolo, y, sin embargo, sentía con más fuerza el calor debajo de sus pies: no sólo tenía los pies desnudos sino que estaba desnudo. Una franca resignación casi beatífica le hizo comprender que sólo se trataba de encontrar el sitio que le correspondía, la iglesia o caverna o foso que le correspondía: su único deber era buscar.

Entró en la más próxima iglesia: en la nave central se asomó a un sarcófago de alabastro: contenía el cuerpo de un niño; era una casa de familia: padre, madre e hijo. De sus semblantes mudos, de sus cabezas inmóviles, de sus ojos que miraban sin mirar, surgía esa tremenda agonía, esa disputa. Todas las casas ardían, todas las iglesias. Huyó en busca de su sitio, el sitio que sabía que era suyo, donde acaso ya lo esperaban: allí reposaré. La ciudad se multiplicaba de estatuas. Se acrecentaba el calor debajo de sus pies, pero el frío de sus huesos lo agradecía. Ahora sólo se oían débiles campanas alrededor, languideciendo.

Es el Infierno, pensó, el mío.

Pues descubrió la llama en el aire, convocándolo. Allí aguardaba su última puerta. Y tocó la llama y la puerta se abrió, negra inmensamente: era la oscuridad que ahora le pertenecía: allí pudo entrever la escalera que se perdía en la niebla: las gradas ya no eran de

121

piedra sino de arcilla y desaparecían después de que él las pisaba.

Allí, asomado al desfiladero, entre montañas de roca, pudo ver la continuación de la ciudad, sus más hondas entrañas, su cara subterránea: era la ciudad que conocía. El infierno tiene que ser esta miseria —dijo una voz larga a su lado. El hedor pululaba en las calles, como llaga. De las casas asoladas un aliento putrefacto se elevó y los envolvió, a él y a la voz, como si pretendiera enmudecerlos. Pero la voz siguió: el hombre que come al hombre. Los enfermos se asomaron a las ventanas: mostraban sus pústulas como estigmas, ¿como si se burlaran de él?, y morían asomados a los hospitales, aullaba la guerra, corrían los ríos envenenados, era una ciudad de ciudades, la única, todos sus habitantes sufrían, no distinguía un color, una esperanza, y oyó muy lejos la voz de una mujer que gritaba: *Desventrar!*
Entonces lo invadió un vesánico deseo de reír mientras descendía. Reír, pensó, reír, Dios mío, reír ¿aquí?
Lejos, muy lejos, hundido en lo ignoto, se distinguía un palacio de piedra renegrida —en donde tarde o temprano él sabía que tendría que caer. *Y los que aquí entráis, perded toda esperanza* —oyó la voz a su lado, sin ver a nadie.
Lamentaba demasiado tarde no ceder a la invocación de la mujer: ¿por qué no descansó la cabeza en su regazo hasta morir, disuelto en la eternidad?

El aire se hizo negro alrededor, la luz del agua de los cielos se enterró en lo remoto. Ya era *su* mundo el que pisaba, ya se abría la última morada, su destino.

—El antro que le correspondía!

Era su casa entre tantas: ya desaparecía la última grada de barro detrás de sus talones —como la última esperanza de volver.

«¿Qué hace un Papa entre nosotros?», oyó, sin distinguir quién había hablado, o de dónde brotó la voz. Pues la oscuridad se hizo absoluta, a medida que él avanzaba.

Escuchó voces debajo de la tierra que pisaba, cada vez más fuerte. Protestas —como si él o su presencia las provocara.

Protestas, y olor de un río putrefacto. Después, nada, sólo silencio y oscuridad, rotundos. Pero él quería descansar, enterrarse en un reposo total, no importaba que rodeado de miedo y de voces. Se hundió en el silencio y la oscuridad. Ya sabía que se hallaba en el palacio de piedra renegrida, ya sabía que era verdad lo que estaba escrito en su cima, con letras de fuego que no se veían sino que ardían en los ojos como ascuas:

Perded toda esperanza!

XII

—¿En dónde está la luz?

—No busques luz, no la encontrarás, Luciani.

—Aquí no hay luz, y mucho menos de la otra Luz.

—¿Quiénes me hablan? ¿En dónde estoy?

—Arrojas importantes preguntas a la vez, Luciani. Como piedras.

—Desde hace mucho busco sin encontrar a nadie —dijo él. Y tuvo, todavía, la pretensión de reír—: Quisiera creer que estoy en uno de los tantos sitios sin conocer del Vaticano.

—Es posible, Luciani. Puede ser. Así es.

—Somos tus conocidos, Luciani, los escritores a quienes escribiste tus cartas, y otros más, que no se resistieron a conocer un adefesio como tú.

—Pues, ¿qué hace un Papa entre nosotros?

—Por eso nos vemos obligados a recibirte, porque nos escribiste. Simplemente por eso. En caso contrario te ignoraríamos.

—No es cierto, Luciani. Nunca podríamos ignorarte. Eres un escritor como nosotros. Más que Papa, eres escritor. Te compadecemos.

—No puedes vernos a nosotros, pero nosotros sí te vemos.

—Deberías sentarte en la negrura y descansar a nuestro lado: nada ni nadie te quemará: de eso no se trata.

—Pero no sigas yendo de aquí para allá en busca de luz, que no la encontrarás.

—Aquí no hay luz, Luciani.

—¿En dónde estoy? —les preguntó—. ¿Quiénes me hablan?

—Somos varios, Luciani.

—Somos Goethe, Marlowe, Dickens, Chesterton, Petrarca, Scott, Twain... Somos muchos de esa riada. Somos cientos. Aquí medramos todos, antiguos y modernos.

—Y estamos en el infierno, Luciani, ¿en dónde más podríamos estar los escritores?

—¿En qué otro sitio podríamos acabar?

—Como puedes ver, el infierno es esta oscuridad.

—Si acaso te es posible ver la oscuridad.

—Dentro de un tiempo podrás vernos las caras, pero entonces te asustarás, Luciani, y preferirás no habernos visto nunca.

—Te asustarás, Luciani. Te asustarás.

—¿Duermo? Quiero despertar.

—Eso mismo es bajar a los infiernos.

—¿En realidad visito los infiernos?

Se oyó como respuesta una breve y tumultuosa risotada.

Uno de ellos, que tenía la voz más achacosa y, por eso mismo —creyó Luciani—, más sabia, más prudente, lo increpó:

—Ah Luciani, no es una gracia para nosotros tener que hablar contigo. Es doloroso reunirnos con el autor recién llegado, porque nos recuerda los tiempos que vivimos, cuando escribíamos. Duele recordar la libertad de escribir —por más pesadumbre que semejante oficio nos causara: compartíamos lo que escribíamos, y éramos libres.

—Oye cómo es nuestro infierno.

—Es peor que no tener con quien hablar.

—Porque hablar únicamente no basta a los escritores.

—Compartimos, escúchanos, Luciani, la misma dolorosa condena: escribimos la página sublime, aquella por la que morimos toda la vida, y una vez escrita se incendia ella sola hasta quedar convertida en cenizas.

—Y lo peor ocurre... —dijo otra voz, pero calló, arrepentida.

—El dolor más grande es que albergamos el vago recuerdo de esa página escrita, y por eso la pérdida es más cruel, más dolorosa. Pero he aquí que de inmediato volvemos a escribir otra página, la más gloriosa, todavía más gloriosa, portentosa, inigualable, en piedra, digna de nuestra inmensa vanidad, mucho más bella y profunda que la página escrita antes, y de nuevo la hoja se incendia ante nuestros ojos, sumiéndo-

nos en la confusión, en la desesperanza, ¿para qué escribimos entonces?, ¿quién leerá nuestras páginas? Nadie!
—Nadie!
—Nadie!

Se hizo un silencio total. Poco más tarde una voz tímida añadió:
—Fueron benévolos, en todo caso, con nosotros. De peores martirios nos hemos enterado. Pues, ¿dónde están los músicos?
—Haciendo su música, y bastante más debajo de nosotros, por desgracia: no los oímos.
—Su infierno es que nadie los escucha.
—Ni ellos mismos tienen la alegría de escucharse!
—Sólo imaginan los sonidos, sordos entristecidos.
—Son muchos, debajo de nosotros, pero no la mayoría. La mayoría de los músicos, por la pureza de su arte, se vio eximida del dolor de los infiernos y ahora tañe la cítara de la gloria.
—Qué envidia!
—Cuánto desánimo!
—¿Cómo no cavilaron los dioses, bondadosos o infernales, en la pura naturaleza de la poesía? Ya dijo alguien que la poesía no es humana música de palabras sino música divina de pensamientos.
Una marea hirviente de voces en desacuerdo remeció los muros, si los había. Era como si se acabara el

mundo —creyó Luciani. Y decidió sentarse, con precaución: tenía la certeza de encontrarse rodeado de una multitud, pero no rozó a nadie o nadie lo rozó a él. Era como si estuviese solo, pero rodeado de voces.

—Tuvimos oportunidad de conocer tu infierno, Luciani, el tuyo. Todas esas pirámides de Gizeh, esa ciudad fétida, esa muchacha en el árbol... muy original.

Otra breve carcajada sacudió la oscuridad.

—Eso nos distrae, Luciani. Que aquí cada uno llega con su infierno particular, del que tenemos viva noticia mientras desciende hasta nosotros. Te acompañábamos, y compartimos tu pena y cada una de tus visiones.

Luciani sintió que enrojecía: su infierno, su íntimo sufrimiento, había sido hecho público.

—No te desanimes —le dijeron—. Nos pasó igual. Llegamos cada uno con nuestro infierno a cuestas, y todos lo disfrutaron a nuestra costa. Pero al final, padre Luciani, llegamos al mismo sitio donde tú acabas de llegar, y aquí seguimos y seguiremos cautivos hasta la última noche de los tiempos.

Hubo una voz cristalina, una mujer:

—Es nuestra obligación hablar con Albino Luciani; de lo contrario quién sabe qué castigo peor nos ocurra.

Otra voz la respaldó de inmediato:

—Es un desencanto, Luciani, que todo este tiempo de tu vida hayas creído en Dios, ¿nunca dudaste?

—Si no creyera no me estaría soñando con ustedes aquí, en el infierno —dijo Luciani.

—No sueñas, Luciani, quítate ese sueño de encima.

—Tu infierno es tu infierno: esas pirámides de las que tuvimos noticia, esa necrópolis de Ur, esas momias, ese sarcófago con el niño, ese grito de padre madre e hijo, todo eso representa únicamente tu infierno, el que forjaste: pero no nos metas a nosotros en tu infierno.

—Eso sí: ten por seguro que acabas de arribar al otro infierno. Al de todos.

—Con nosotros. Entre nosotros.

—El infierno existe sin Dios. No hay Dios. Nunca hubo Dios. Ni Cristo ni Moisés. Todo fue invento de evangelistas: escritores como nosotros. Lo hicieron muy bien. Se contradicen varias veces, pero, ¿qué genio no?

—Dios existe aquí. —Y Luciani se señaló el corazón—. ¿Con qué derecho, entonces, me quieren quitar la oración de mi boca? ¿Cómo pretenden que desaparezca el nombre de Dios de mis labios?

—Tus evangelistas, y Moisés, que escribió el Pentateuco 1560 años antes de Cristo, y también Esdras y Samuel y Josué, y Eliacim, que contó de la sagaz y refinada Judith, la grácil fémina que, inspirada por Dios, cortó la cabeza del soberbio Holofernes después de emborracharlo, y los dos Tobías y el cantor David, y Salomón y Jeremías y Baruc y Ezequiel y el pequeño Daniel, intérprete de sueños, que defendió la inocencia de la voluptuosa Susana, fueron todos novelistas, Luciani, más grandes que los grandes, y aquí están, en el infierno, sólo que no sabemos dónde, porque callan.

—¡Son grandes! Lograron escribir en diferentes épocas sobre lo mismo, como si uno solo, ¡titanes!, un entusiasmo así no se saca fácilmente...

—Sino de Dios —dijo Luciani.

—¡Son pura ficción! El Espíritu Santo es ficción pura! ¡Descomunales! Ni el Gran Ciego ni el divino Will lograron algo semejante...

¿Quién hablaba? Sólo oía voces sin caras, sombras que hablaban:

—En todo caso impusieron a Cristo, mucho más que al esforzado Quijote o al vengativo Hamlet. Pero todos tres son personajes.

—Personajes —terció otra sombra— que palpitan más que sus pálidos creadores, ahora enterrados en la penumbra eterna: ellos me oyen. Me oyen y callan: será por algo.

—Escucha, Luciani: lo único que existe es el Infierno.

—Si no existe Dios, ¿cómo es que estamos en el infierno? —insistió Luciani.

—Esa es la cuestión —respondió una sombra—. Lo único que existe es el infierno.

—Seguramente no hablamos del mismo Dios —dijo Luciani—. No existe tu Dios. Existe mi Dios.

—Serenidad, Luciani —pidió otra voz—. No te precipites. Acuérdate que Jesús tuvo también los más inteligentes enemigos.

—En un pasaje del Talmud Jesús en el otro mundo es condenado a padecer entre excrementos en ebullición.

—No hablamos de Jesús —interrumpió otra voz—. Hablamos de Dios.

—Cada uno de nosotros tendrá la felicidad de guardar a Dios —dijo Luciani.

No supo si lo escucharon. Hablaba a la oscuridad repleta de voces.

—Cada uno será su Iglesia —dijo.

—Sin Papas —le replicaron, como una exigencia.

—Sin catedrales.

—Sólo Cristo y lo que el tiempo depuró de Su Palabra.

Luciani no había querido decir exactamente eso, pero se resignó:

—Dios habita finalmente en los corazones —dijo.

Y arrojó, sin todavía creerlo, la íntima conclusión de toda su vida—: Busco esa Nueva Iglesia sin iglesias.

—Pero Dios no existe —insistió socarrona la oscuridad alrededor—. Ni tu Dios ni mi Dios.

—No escuches, Luciani —pidieron otras voces.

Y las oía caer como una multitud encima de él:

—A mí me parece que sí existe Dios.

—A mí también.

—Y a mí.

—Y dígase lo que se diga, escríbase lo que se escriba, aquí seguimos esperando a Dios.

—Tarde o temprano vendrá a nosotros.

—O vendrá Lucifer.

—Alguno de los Dos tendrá que venir primero.

—Uno seguido del otro.

—O al tiempo.

—Eso pienso yo.

—Yo igual.

—Y yo.

—Pero tú no sueñas, Luciani. Tú estás muerto. Cuando acabes de entenderlo caerá la luz dentro de ti y podrás vernos a los ojos. Y te verás idéntico a nosotros.

Entonces fue como si Albino Luciani abriera los ojos, y pudo verlos a todos, y se horrorizó. Pensó en Dios y abrió realmente los ojos: allí seguía, con los del infierno.

—Sosiégate, Luciani —dijo una sombra—. No demorarás en acostumbrarte. También a nosotros nos pasó idéntico. Nos espantó conocernos.

—Así que ya tienes tu luz, ya pudiste vernos. En cualquier momento te será entregado, desde el aire negro, un blanco papel, una pluma infinita, y empezarás también a padecer como nosotros, Luciani.

—Escribirás una carta imposible, quién sabe a quién en el mundo, o al mismo mundo, y una imperiosa alegría te arrebatará mientras la escribes, y la carta se incendiará y empezarás otra de inmediato y otra alegría inmensa te poseerá, y tanto, que querrás leérnosla a nosotros, tus compañeros de hospedaje, que no somos poca cosa, que sabemos de este artilugio de las palabras, querrás compartir tu carta en voz alta, pero se incendiará palabra por palabra ante tus ojos, y sólo recordarás vaga, tristemente, lo que escribiste. Ah, entonces el dolor te poseerá, Luciani! El dolor! Y en vano te precipitarás a escribir la carta siguiente, y la otra, y así ocurrirá tu eternidad...

—Excepto cuando te corresponda recibir el alma de otro escritor...

—Hablar con él...

—Escucharlo con resignación...

—Responder a su más pobre pregunta: ¿por qué tuve que morir?

—Y a sus otras preguntas más necias: ¿no hay libros en el infierno?, el infierno parece un buen sitio para leer, esa debe ser nuestra pena, ¿cierto?

—Replicar a sus miedos...

—Y dolerte por eso de tus propios recuerdos...

—No todo es terrible dolor, Luciani: a veces simple dolor, como ahora: pues recordamos lo que escribimos cuando vivíamos; recordamos lo que un día leímos: al menos eso recordamos.

—Yo, por ejemplo, oyendo lo que te dicen, Luciani, oyendo cómo te animan o desaniman y advierten sobre la pena que te aguarda, pude evocar seis versos de un largo poema, y pensaba no sé por qué en el infierno y los escritores: *«No es en grillos y en cadenas / en lo que usté penará / sino en una soledá / y un silencio tan projundo / que parece que en el mundo / es el único que está».*

—Ese poeta ya presagiaba el infierno.

—Todos lo presagiamos. —De nuevo se oyó, como un maravillamiento, la voz cristalina—: En realidad, padre Luciani, nosotros, desde el más ínfimo hasta el colosal, sólo dimos nuestra versión del infierno, en cada poema, cuento, o novela, en cada oda, égloga o elegía, sainete o drama o tragedia. Aunque tratáramos de la alegría y del amor (y sobre todo si tratábamos de ellos) sólo revelábamos nuestro infierno. Así yo dediqué mis días más bellos a hilvanar la historia febril de una pareja de tercos que se aman en mitad del hielo, gente hosca pero sublime que avisa de la condición humana: ese fue mi infierno, y nadie aquí puede negar que hice algo superior.

—Nadie —gritaron muchas voces a la vez.

Luciani se admiró de la voz cristalina: nunca imaginó la oportunidad de charlar con semejante autora, y tendría la eternidad para hacerlo: resultaba más sugestivo que la biblioteca de 50 kilómetros del Vaticano, pues jamás le sería dado aburrirse con escritoras, ¿no sería este el paraíso?, y otra breve y estruendosa risotada se elevó: sintió como si todas esas almas traviesas le hubiesen leído el pensamiento.

—No voy a decir mi nombre, Luciani. Aquí ya sabemos que no es necesario. No soy un escritor grande, como muchos aquí que nos rodean, y que callan, seguramente por ser grandes. Pero tengo mi dignidad: trabajé un género simple, y me parece que fui el primero. Si bien no remonté mi vuelo hacia las más altas indagaciones, por lo menos distraje a muchos de la cotidiana fatiga, del trabajo y la enfermedad, del desamor y la soledad. Y con todo y mi simpleza, o por ella misma, querido Luciani (permíteme decirte querido), creí siempre en los espíritus, cuando estaba vivo, y muy buenos momentos de mi vida los pasé comunicándome con ellos, en lugar de escribir. También hablé del infierno, en un cuento sencillo, y acaso lo hice sin saberlo, pero corroboré mi acierto cuando me tocó asomarme a esta caverna de escritores. Escribí: «...exuberantes cañaverales pestilentes y plantas viscosas emitían un olor a podredumbre. Una atmósfera de miasmas nos rodeaba y cualquier paso en falso nos hundía hasta el muslo en el fango de la ciénaga, que temblaba continuamente y no dejaba de ondularse a nuestro alrededor. Sus garras se pegaban a nuestros talones mientras avanzábamos, y cuando nos hundíamos en ella era como si una mano maligna tirase de nosotros hacia las obscenas profundidades...».

—Muy bien, muy bien —interrumpió una sombra—. Con mucha razón, además de reconocer tu jerarquía de escritor, te hicieron Sir.

—No me dieron ese honor por mi arte —replicó el que había hablado, sin ofuscación—, sino porque fui además soldado de mi país, como Sócrates.

Otra voz muy cercana se impuso, impaciente:

—También yo escribí sobre el tema, y lo hice en más de una ocasión. Escuchen esto, que es breve y acaso menos pertinente, pero sirve: «El lago es tan profundo que llega al infierno, y se pueden oír, a través de las grietas de las rocas, el crepitar y el silbido de las llamas y los quejidos de las almas». Eso lo escribí yo, a propósito de nuestra morada. Y buena eternidad, Papa Luciani, yo te saludo. Permíteme que te llame Papa, aquí abajo, pero es que no puedo resistirme a esa ironía. Me presento: soy otro escritor de los que aquí padecen, y tampoco escondo pretensiones: ¿de qué podríamos presumir aquí? Pero soy, como dijo el grande: maestro de mí mismo. Dueño de mi obra. Nací en mi país, pero tuve la alegría de morir en otro país. Nadie sabe qué sucedió allí conmigo, y no voy a decirlo, para que continúe el misterio.

—El misterio —dijo otra sombra—: gran ayuda para que nadie nos olvide.

—¿A mí qué me importa que me olviden? —Se rebeló otra voz—: aquí abajo ya no puedo regocijarme de que alguien me recuerde.

—Yo sí me regocijo.

—Y yo.

—Y yo.

Ninguno dijo nada después.

Pasó el tiempo, pero ¿qué clase de tiempo podría pasar allí? Ya el tiempo no existe, pensó Luciani. Y tampoco pronunció una palabra. No podía.

—El que escribió Aparta de mí este cáliz sabía mucho de vinos y era gran bebedor —dijo una voz, como para reanudar, acariciando, la conversación. Lo dijo con gentil mordacidad, pues había que complacer al recién llegado, de acuerdo a su rango y principal preocupación. Así lo entendió Luciani, así lo entendieron todos. Pero Luciani no quería preocupar a nadie; que nadie se molestara por distraerlo. Hubiese preferido el silencio, y, sin embargo, su infierno era ese, que todos siguieran pendientes de él, y que hablaran de lo que creían que a él le interesaba. Y era cierto que le interesaba, pero no quería escuchar a nadie en ese instante, sólo llorar. Llorar desconsoladamente. Y lloró en silencio, ¿por el terrible dolor en torno suyo? Más bien por la extraordinaria certeza de su muerte. Creyó que tenía once años de edad, camino del Seminario, y que lloraba. Lloraba desconsoladamente.

Una voz amable se oyó. Una voz baja, temblorosa. Luciani se preguntaba a quién podría pertenecer. Y dejó, como un niño, de llorar; pues la pecaminosa curiosidad lo embargaba: también él quería preguntar, interminablemente.

Oyó:

—No enjuicio a la Iglesia, Luciani. Nadie podría ser un juez justo con ella. No soy intransigente con la Iglesia y sus hombres. No me escandalizo por lo que hizo o no hizo la Iglesia, o hicieron o no sus Papas, que es lo mismo. No me rasgo las vestiduras —como hacen algunos, que condenan lo que ellos mismos padecen. Sé que la Iglesia entregó hombres buenos al mundo, hombres sabios...

—Y por supuesto —lo interrumpió una voz pendenciera—, no te refieres a Tomás, que se agarró de las barbas de Aristóteles para construir su sistema, para enderezarlo, mejor, e impedir que se viniera abajo...

—Hablo de santos, pero hablo sobre todo de hombres. Hombres justos, que se entregaron a los demás. Hablo de hombres hoy lamentablemente ignorados. No hablo de Tomás...

—Cuidado! El gordiflón debe estar escuchando!

—Al fin y al cabo es escritor y participa de este infierno de escritores!

—No importa que escuche, ni él ni Aristóteles —dijo la voz pendenciera, y se oyó, detrás, otra voz firme y serena, como una réplica juiciosa:

—Yo no hablo.

—Oh, nos escuchaba —dijeron varios—. ¿Llegaste, pues, lleno de anatemas? San Etcétera!

—Es puro *flatus vocis*...

—*Semper ídem.*

—Ya hablaré con Luciani a solas. Hay mucho tiempo por delante —dijo la voz.

—Y mucho por detrás —le replicaron—. El *quid divínum!*

—Recuerda a Teofrasto!

—¿Y qué dijo Averroes?

—¿Nos oyes, Averroes? ¿O eres tan grande que oír ya no te parece necesario?

—Dijiste, y lo dijiste acorralado: «Todas las religiones son falsas, aunque todas son útiles, probablemente».

Otra risotada infernal. Áspera. Inclemente. Creció instantánea. Pero, igual: desapareció.

—¿Distingues, Luciani, esa especie de Entidad casi invisible que se pasea retirada de todos y de todo? Es Homero, el Aeda, el más grande de los grandes.
—A veces le oímos cantar. Su voz es tan armoniosa que no demorará en transparentizarse por completo.
—Y ya nunca más le escucharemos.
—Puede salir del Infierno cuando quiera.
—Y no lo hace a menudo, lo que nos pasma.
—Pero nos enaltece: acaso los poetas muertos resultamos más cautivadores que los vivos, allá arriba.
—Él escucha en silencio nuestras discusiones, pero nunca interviene. Es como si nos compadeciera.
Luciani entrevió el difuso contorno de un cuerpo: alta estatura, luenga barba. Aún en el infierno el rostro de ojos centelleantes se enfrascaba en la nada: realmente estaba ciego.

Las voces siguieron cada vez más acuciosas: caían encima de sus labios como aliento helado:
—Tienes toda mi admiración, Luciani. Te presento mis respetos. Decir que Dios era más Madre que Padre te hizo espléndido.
—No era mi intención la esplendidez —se con-

trarió Luciani por primera vez en el infierno—. Sólo
cité a Isaías.

—Aquí te respetamos, Luciani: cuando celebraste
misa en la iglesia de San Simeone, y en la cárcel de
mujeres de Giudecca, y en la de hombres de Santa
Maria Maggiore, mencionaste nuestros nombres, nuestras obras. No es fácil encontrar en el mundo a un cura
que hable de escritores.

—No dejas de ser un ave rara, Luciani.

—Mírate: entre todos los Papas que en la tierra
han orinado, leíste dramas y poemas y escribiste a
escritores, escribiste candorosamente, pero escribiste
sincero.

—*Rara avis*.

—¿Qué diría Marlowe? «De los hombres más raros
que hizo el mundo.»

—¿Qué replicarías, Luciani?, ¿que el mundo no, el
cielo?

Otra breve pero dura carcajada.

Las intimaciones resbalaban ahora por sus mejillas:
eran lúbricos ofrecimientos:

—Por supuesto que hay aquí mujeres, Luciani.

—Mujeres poetas y mujeres escritoras. De todo hay
en esta viña infernal.

—¡Mujeres infernales!

—Y hay quienes poseen los dos sexos, como los hay
en todos los oficios, empezando por el de la guerra...

141

—Hay mujeres, Luciani, pero a ellas también les hacen falta sus hombres. Ese es nuestro dolor aparte, y no es pequeño dolor, es nuestro mutuo suplicio, la expiación de la gloria.

—Todos estamos solos!

—Hay entre nosotros mujeres reconocidas como santas, allá arriba, pero aquí abajo las consideramos poetas, lo que ellas agradecen en el alma, Luciani, ¿qué pensarías de esto?

—Majestuosas místicas! Podrás distinguirlas por el incienso que arrojan sus alientos; tarde o temprano las escucharás. Huelen a mirra, ¿no las escuchas?

Voces cristalinas se apropiaron del aire.

Y, de verdad, olían a mirra:

—Una pierde las fuerzas de la fe, padre Luciani, al enterarse de los Papas rabiosos y cobardes, ladrones del mundo, mercachifles y asesinos. Los siete pecados capitales, como estigmas de fuego, ondean en sus odres corporales: uno en cada nalga, uno en el glande, otro en el vientre, uno en cada tetilla, y otro en mitad de la frente, eso los identifica.

—Yo los vi, padre, a la hora de mi muerte, mientras bajaba a esta caverna de escritores. Vi a esa tropa. Tiraban de un horrible carro henchido de estiércol humano: el pútrido estiércol, el peor de los estiércoles animales, el del ser humano, se bamboleaba como lluvia viscosa y los salpicaba. Eran gotas de ácido que herían la médula de sus almas, las desgarraba. Oí sus voces: «¿Tú aquí?», me preguntaron. Y lloraban: «Puedes vernos: ya nos mata la desesperanza, aunque nunca

142

nos acaba de matar». Eso decían atormentados, y se lamentaban en coro: «Somos Lino, Anacleto, Telésforo, Higinio, Aniceto, Eleuterio, Calixto, Seferino, Ponciano, Cornelio, Dionisio, Cayo y Marcelino», yo oía cómo clamaban, y prefería no oírlos. Sabía de quiénes se trataba. Quise cantar para no oírlos, pero me interrumpieron: «Óyenos, somos Silvestre, Dámaso, Liberio, Siricio, Zósimo, Hilario, Simplicio y Vitaliano...». «Los oigo», dije, pero ellos seguían presentándose igual que una amarga letanía, y en todos la tristeza de los ojos era idéntica, la súplica, el suspiro. Un ser como una carcajada los escoltaba, pero una carcajada de dolor: era Belial, y los azotaba, uno por uno... Era Belial: se adivinaba su nombre entre los nombres recitados de los Papas, su nombre en el lamento de los Papas!

—Quién eres tú, quién me habla —rogó Luciani, pero nadie, ni la santa, o la poeta, respondió.

Y en eso se interpuso una conversación entre mujeres, ¿poetas?, ¿escritoras?, dirigida a él de cualquier modo, como una burla:

—Somos bellas, pero sórdidas y feas!

—Olemos a carne, a sudor, a pelos de sobaco!

—Somos otra raza de poetas, y mejores que las santas, ellas mismas lo reconocen en voz muy alta!

—Somos de gran corazón, Luciani! Te acompañamos desde tus tiempos de Patriarca, pero nunca nos escuchaste! Alguna vez hablamos del sexo como un acertijo, de las sonrosadas orejas, de los pies angelicales, de la risa como lágrimas (pues parecíamos llorar cuando reíamos), y así obtuvimos *meritissimus cum laude!*

—Nuestras vaginas cantan! Oye lo que ellas cantan!

Y reían a carcajadas:

—Los amantes vegetarianos no son nada buenos en la cama!

—Una necesita que le hundan la nariz entre las nalgas!

—Y después la lengua sabia y entendida, como si una se tratara del mejor filete!

—Crudo!

—Tierno!

Y él sentía que al oírlas se impregnaba del olor, del sudor de las que hablaban, pelos y carne, y no quería desprenderse del olor, no quería despojarse del sudor de los suspiros y los besos que lo hacían sentirse vivo otra vez, más que vivo, feliz de sangre, «Pero no de amor», se gritó a sí mismo, afligido en el estruendo de las voces que crecían. «Ah», se dolió: «cómo abandonar esta región amarga, cómo abandonarla, cómo huir!»

Otra inmensa risotada respondió a su lamento: no hubo más respuesta que esa carcajada, y luego un silencio negro, atroz. Pero de inmediato una voz cristalina se elevó:

—De nada sirve angustiarse por huir, padre Luciani. Aquí esa angustia no sirve de nada. Entiende que todos sufrimos por igual. Somos distintos sufrimientos, pero sufrimos. Un día vendrá Él, y resucitaremos. Hay que aguardar, con fe. Aquí, más que en cualquier lugar, hace falta la fe.

Otra voz apareció en la negrura:

—Agradezco esa carta que me enviaste... no a mí, sino a mi personaje, pero es casi lo mismo y en todo caso la agradezco, impredecible Luciani.

—Quién eres —rogó nuevamente.

—No importa el nombre, Luciani! Aquí es como si nos doliera recordar nuestro nombre. No es muy discreto en el infierno preguntar su nombre a los demás. En todo caso ya descubrirás mi nombre a su debido tiempo, ya nos permitirán hablar otra vez. La eternidad nos favorece, aunque sea una eternidad en el dolor. Tengo quimeras que quiero compartir.

Otra voz interrumpió:

—Ah, extraordinario Luciani, ¿qué se siente al ser coronado Papa? No me digas que miedo únicamente. Algo habrá de humana vanidad...

Y otra, dolorosa:

—Escúchame, Luciani. Hace mucho que no tengo esa felicidad: que alguien me escuche. Tú no imaginas por qué sufro. No imaginas qué es lo que yo más extraño del mundo de los vivos. Te vas a sorprender, padre Luciani, o acaso a reír, y eso me basta, porque te ayudará y me ayudará.

—Te escucho.

—Extraño, Luciani, a los gatos.

Hubo un silencio veloz.

—Qué, ¿no te ríes? —preguntó la voz.

—No —dijo Luciani.

—Los gatos deberían llamarse Sueños en lugar de gatos. Nadie sueña más que los gatos. Los hombres deberían decir tengo uno, dos, tres Sueños, mi Sueño es negro o blanco o amarillo, ¿qué sería de mi vida sin mi Sueño? A este infierno deberían venir los gatos, sus espíritus que maúllan. Son poemas! Cómo nos acompañarían!

La risotada infernal se oyó peor. La voz que habló de gatos se afligió: ¿iba a desaparecer?

—Gracias —se apresuró a decir Luciani—, veo al menos que aquí podremos hablar.

—Sí, Luciani, sí! —dijeron otras voces.

—Y ese es nuestro paraíso!

—En realidad no estás en el infierno!

—Piensa lo que quieras!

—Hablarás, Luciani, conversarás! Y gentes que te quieren te escucharán sinceramente!

—Y sinceramente se burlarán de ti, pero aguardarán tu réplica y tu burla con la misma sinceridad!

Luciani agradeció a Dios esas palabras.

Pero entonces un ruido formidable, como de llamas que crujen, estremeció el aire.

—Es el Eterno Enemigo, como dijo Tasso!

—El Demonio!

—Que ya llega!

—Es la potestad de las tinieblas!

—*Vexilla regis prodeunt inferni!*

—Seguramente viene a conocerte en persona, Luciani!

—Viene a estrechar tu mano!

—No hagas caso, padre. En realidad no se trata de Lucifer. Ya entenderás.

—Mejor háblanos de la Curia. Siempre fue una *curiosidad* para nosotros. Alguna vez dijiste que el aparato de la Curia era como una inmensa oficina...

—Y entonces te envenenaron, Papa Luciani.

—La muerte. La única fatalidad.

—¿Sientes esa líquida luz encima de nosotros? Son las libaciones propiciatorias, esas que aplacan a los muertos: blanca, sabrosa leche de una becerra; líquido de la abeja laboriosa, la transparente miel; agua límpida de una fuente virgen, y el puro licor del agrio seno de una madre salvaje! Alguien nos ofrece libaciones, que bebe la tierra, Luciani, que se vierten a nosotros como luz! Alegrémonos!

—Quién eres —preguntó sin esperanza.

—¿Esquilo? —insinuó alguien, cáustico.

Pero enseguida se oyó un gran temblor en el aire, y algo removió los mismos fundamentos del infierno. Era como si el frío quemara. Algo, o alguien, temible, se avecinaba. Y, sin embargo, no parecía importar a nadie.

—Tranquilo, Luciani. Aquí cada quien ve lo que ve.

—Es decir, lo que quiere ver.

—Pero —dijo Albino Luciani—, no quisiera ver lo que veo, toda esta desolación...

Y no veía nada alrededor, pero sentía que detrás

de las voces que escuchaba se materializaba un profundo dolor —aunque las voces rieran, o, sobre todo, cuando reían.

—Son tus ojos, Luciani!

Y oyó una voz cansada:

—Ya falta poco para expirar.

Era como si se formaran grupos, círculos, en torno a él: por lo menos eso lograba escuchar en la oscuridad. Pensó, increíblemente, en una fiesta. Una fiesta donde los grupos como esferas están con todos pero están aparte. Entonces se incorporó y paseó entre ellos, rogando que lo olvidaran para siempre.

Así creyó llegar a un grupo. Los escuchaba: el tema era incandescente y doloroso y, sin embargo, sintió que les placía a todos como la más alta felicidad.

Se dolió de su propia curiosidad: averiguar quiénes eran. Tarde o temprano tendría que abandonar esa pobre curiosidad.

—Pero tú no adivinas —dijeron ellos, con voces formidables de borrachos—, no adivinas por qué sufrimos nosotros, padre Luciani. Tú no podrías adivinarlo!

—Por falta de mujeres —les dijo él, con gran conmiseración.

XIII

El estruendo en el aire se repitió: eran llamas o tormentas, pero en todo caso la caverna —si la había— se repletó de sombras, de otras sombras: multitudes. Eso percibía él, en la negrura: que otras sombras llegaban hasta ellos, ciñéndolos por todas partes. Era como si las sombras avanzaran con los brazos extendidos: él sentía que la yema de interminables dedos acariciaba su rostro, reconociéndolo.

—Son los escritores fallidos —le dijo una voz—. Son los seudoescritores, pero son sobre todo los escritores que nunca lo fueron y murieron pensando que lo eran.

—Hay cientos de miles de ellos por cada uno de nosotros!

—Los mandan a nosotros porque es un martirio recíproco! Creen que les ha sido dada la gracia de escucharnos: ineluctable yerro! No imaginan (nunca imaginaron, pobres) que ese es el más cruel de sus padecimientos.

—Son tristes en su totalidad —dijo otra voz, y no cargaba desprecio sino aflicción—: tristes mediocres. Son como la envidia que pinta tu Marlowe: «No pue-

den leer, así que desean que todos los libros ardan».
O: «Adelgazan cuando ven comer a los demás».

—Oye cómo eran en vida: la mayoría ostentó el poder de la Academia. Importantes universidades los alimentaron como a parásitos. Eran más políticos que cultos y sensibles. Pero a su patética miseria querían agregar la miseria grande de ser poetas! Pobres! Sufrían de su íntimo desengaño! Pues en todo caso su misma inteligencia les avisaba de su ineptitud.

—Y por eso, desde su vana cima, desde sus puestos altisonantes, se empecinaron en hacer la vida imposible a los auténticos. Algunos lo hicieron pérfida y conscientemente, otros ni se dieron cuenta, o pretendían no percatarse del horrible daño que causaban, pero lo hacían, y seguirán haciéndolo!

—Si podían quitaban el pan de la boca a los creadores, y aplaudían los suicidios que ellos mismos provocaban. Los emborrachaban hasta envenenarlos. Eran de verdad espeluznantes. Odiaron siempre al que canta, lo persiguieron, lo silenciaron, o lo inmolaron. Y actuaron con todas las vísceras! Así lograban su paroxismo ideal, enmudeciéndoles el canto para siempre. Terríficas alimañas! Los sin espíritu!

—Oh Luciani, cualquier pájaro en la rama canta más bello! Cualquier perro aúlla con mejor melodía! Cualquier fábula de mercado resulta más sabia que sus enormes mamotretos empolvados, repletos de su bazofia.

—Sin sangre ni corazón!

—Todo era silogismo para ellos, o un tal vez sí, o

un tal vez no, caterva de imitadores, amos del tedio durante siglos. Faltos de amor!

—Como no conocieron el amor se pusieron a escribirlo, necios!

—«*Al cielo eleva el vate / su natural talento; / pero aquel a quien forma / estudio sin ingenio, / insoportable grazna / como estúpido cuervo.*»

—¿Píndaro?

—Píndaro. En su sutil alegoría sale perdiendo el cuervo, pobres cuervos!

—Es aquí cuando no hay que escuchar, Luciani. Deja que pase la turba. Ignóralos! Se irán tarde o temprano, aunque no dejan de importunar con sus intervenciones. Detrás de su aparente admiración, querrán que aún en el infierno sufras todavía mucho más y los alegres.

—Todos son aporía!

—Por qué —preguntó Luciani—. Por qué no debo escucharlos.

Y era que, en ese instante, experimentaba tanta o más pecaminosa curiosidad por los farsantes recién llegados que por los creadores. Pero por lo visto ninguno de los recién llegados se atrevía a hablar: no se oían sus voces oscuras: sólo se dedicaban a escuchar.

—Luciani, sólo una pregunta, antes de que éstos nos envuelvan y estridenten nuestras almas con sus chillidos. Sígueme, Luciani, sigue mi voz, y que nadie nos escuche. Ven conmigo, si quieres. Deseo preguntar algo y confirmar si es o no verdad. Al fin y al cabo tú eres Papa, o lo fuiste, y de esto tienes que saber mucho más que quienes dicen que es verdad. Ven conmigo: después nunca más te importunaré.

Y, mientras la voz hablaba, Luciani iba siguiéndola. Así hasta que la voz se volvió hacia él, mucho más tenue, bañada en un susurro de extraña curiosidad:

—¿Es cierto —preguntó— que cuando trasladaron mis restos a la iglesia de la Santa Cruz, un tal Francesco Gori cortó tres dedos de la mano derecha de mi cadáver y se los quedó como reliquias? ¿Es cierto que el dedo medio está en Florencia, en el museo de historia de la ciencia? Me han dicho que lo guardan en la sala número 6, en una especie de huevo de vidrio, en donde figura una inscripción latina redactada por un astrónomo de la universidad de Pisa, ¿es eso cierto?

Luciani no respondió.

—¡Vamos, Luciani, ánimo! ¡Tú sabes quién soy! Pero, ¡cuidado! No pronuncies mi nombre, o éstos nunca nos permitirán hablar: ese es su deleite favorito.

Luciani se reponía apenas de la sorpresa. Jamás sospechó que le sería dada esa posibilidad en el infierno. Pero respondió, sin pronunciar jamás el nombre de su interlocutor.

—Sí —dijo—. Es cierto. Uno de tus dedos se conserva en una urna, apuntando al cielo, como ya te debieron contar. Y hay también otros de tus recuerdos: tu lupa, tu brújula, dos telescopios, unos termómetros, un sillón y cuatro patas de madera de tu cama.

152

—Sigue la humana estupidez —prorrumpió la voz con desesperanza. Y, después, mientras se alejaba por entre la sima de los abismos—: Yo pensaba que no era cierto. —Y todavía la oyó gritar, muy lejos de él—: *Eppur si muove!*

—¿Sabías, Luciani —dijo enseguida otra voz, muy a su lado, y siempre en susurros— que ese insigne Galileo nació el mismo año que el gran Will?, ¿y que también ese año murió Miguel Ángel?

—1564 —dijo otra voz.

—Rara casualidad —siguió la primera voz—. Yo, Luciani, voy siempre detrás de Galileo. Tenemos mucho en común. Lo admiro, lo aplaudo, pero me asombra mucho más lo que te acaba de preguntar. Nunca imaginé que semejante fruslería lo inquietara, a él, intérprete de Copérnico, a él, que descubrió cuatro lunas de Júpiter, que descubrió las fases de Venus, la presencia de estrellas en la Vía Láctea, el relieve de la luna, que inventó el telescopio...

—Lo perfeccionó —corrigió otra voz.

—Casi lo mismo —siguió la primera voz—. Y fue, en todo caso, un sabio sagaz: con todo y corroborar el sistema heliocéntrico se salvó de la hoguera. Quiero decir: de la Inquisición.

—Es verdad. Y no ocurrió lo mismo con Bruno —se compadeció la otra voz con un profundo suspiro—. Todavía es doloroso reconocerlo, y doloroso de recordar, ¿qué piensas tú, Luciani? El 16 de febrero de 1600, después de excomulgarlo, la Santa Inquisición entregó a las autoridades a Giordano Bruno, para que le castigasen «*tan piadosamente como fuera posible y sin derramamiento de sangre*», esto es, para que lo asaran: esa era la horrible fórmula que condenaba a morir en la hoguera.

—Qué quieres que piense —dijo Luciani—. También yo participo de ese mismo dolor.

—También tú, Albino Luciani, participas de la Oscuridad.

—También yo —reconoció Luciani.

—Pero, Luciani —pareció rogar la primera voz—, quisiera decirte esto, antes de desaparecer. Te lo digo porque sé que tú me entenderás, y porque no podría perder la morbosa oportunidad de revelárselo a un Papa en el infierno: es una gracia de Dios, o de Lucifer, que me ha sido concedida quién sabe por qué. ¿Quieres escucharme?

—Te escucho.

—No lo tomes a mal.

—No.

—A diferencia de los sabios, Luciani, y me refiero a esos excelsos hombres, filósofos y científicos que dirigieron sus telescopios para contemplar las curvas de luz y el movimiento de las esferas, la expansión del universo, su radiación electromagnética, el polvo galáctico, las manchas solares, estrellas y galaxias, agujeros negros, planetas y satélites, la Vía Láctea y demás cuerpos celestes, yo preferí dirigir mi telescopio a los otros cuerpos celestes de las mujeres, sus curvas de luz, su Vía Láctea, su polvo galáctico y sus lunas blancas, su alta gama de temperaturas, y lo hice desde mi pobre pero feliz habitación en la pensión de la familia Lemercier, en París. Gradué mi telescopio con la suficiente precisión para contemplar la mirada de las mujeres cuando ellas saben que no las miran, sus ojos y sus demás ojos, las leyes que rigen su movimiento, su expansión universal y sus más negros agujeros donde otros universos, misteriosos y maravillosos, todavía por descubrir, asoman, irradian la energía inmensurable de sus minúsculos pero inmensos sexos, dadores de vida, oh, Luciani, ambos universos, el de Galileo y el mío propio son dignos de curiosidad y agradecimiento, merecedores de nuestro eterno amor, ¿tengo razón?, no, no me respondas, tampoco espero tanto, pero guarda mi confesión como una inquietud infinita, el padecimiento particular de otro autor en el infierno, adiós, Luciani, adiós.

—Quién eres —preguntó Luciani otra vez, pero otra vez nadie le respondió.

En el confín negro de sombras que se arremolinaban se oyó una voz: «¿Dónde está Albino Luciani?»

Luciani no supo si se trataba de uno de los farsantes recién llegados, o si era un creador.

—Aquí estoy —dijo.

De inmediato la voz apareció junto a él como aliento helado:

—Y aquí estoy yo —dijo.

No parecía importarle que la escucharan todos,

155

creadores y recién llegados. Enérgica y altisonante, a diferencia de los susurros que instantes antes se deslizaban al oído de Luciani, la voz se abrió paso por entre las sombras que se agolpaban. Pero en su acento resaltaba cierta impaciencia, como si hablara contra su voluntad, y se fastidiara de hacerlo.

—Largo de aquí, no aprieten! —gritó, y un estrépito de sombras espeluznadas se oyó alrededor. Luciani pensó que era como si la voz hubiese desenvainado una espada y arrojara mandobles a diestra y siniestra, así lo sintió: el frío del acero podía oírse cortando el aire, y el espanto de las sombras se acrecentaba—. Ah, Luciani! —dijo—. Tanto me han convocado las voces de los creadores, por culpa de tu presencia, que no he podido hacer otra cosa que encontrarte. No es fácil, Luciani: me asquean los recitales. ¿Por qué me buscas, qué buscas de mí? ¿Quisieras como el de Ítaca preguntar algo? Si pretendes que hable de la carta que me enviaste, si ambicionas que yo te halague, pierdes tu tiempo en el infierno: yo no leo cartas de nadie: estoy cada vez más solo y me voy llenando de miedos.

—Escúchalo, Luciani, con paciencia —dijeron otras voces—: aún entre los creadores muertos hay unos más solos que otros.

—Y, de paso, nosotros escucharemos, Luciani. Tendrás nuestra gratitud eterna.

—A callar, trastos! —gritó la voz.

Entonces Luciani supo que se trataba realmente de otro escritor y no de un farsante recién llegado. Pero, ¿quién? Las sombras recién llegadas eran las que más disfrutaban alrededor: se oían sus exclamaciones de vez en cuando como el fragor de las olas, se oían sus respiraciones emocionadas, sus balbuceos.

—Yo soy, Luciani, el malogrado poeta inglés, muerto a los veintinueve años de una puñalada en un ojo. Me tendieron una trampa, por no creer en dioses ni en reinas, y porque era un genio. Pero mi incipiente obra bastó para mucho: le di mis luces a Will: le di el tono, y el meollo. Él mismo se acercó a decírmelo aquí, en el infierno, y yo le dije que no me lo dijera: ya lo sabía. Con todo, no sólo por eso el mundo me recuerda, después de haberme olvidado: lo poco que hice basta para los siglos, pero de eso no me jacto: siento el dolor grande de no haber disfrutado de más tiempo en la vida: muchos eran mis planes, Luciani!, y ¿qué le podemos hacer? Ahora no sabemos si todo esto es obra de Dios o del diablo, y aquí seguimos esperando a que se resuelva el acertijo.

—A ver si la noche nos trae noticias —dijo una voz, no se sabía si de escritor o de farsante.

—Silencio! —gritó la voz—. Sólo estoy hablando con Luciani!

Y, en un susurro, a Luciani, en la oreja:

—Qué bonita diversión es ser poeta. Pero maldito el que inventó la guerra.

—Habla más alto, Marlowe —increpó un recién llegado, desde la alta negrura.

—Ah —se asombró Marlowe—, he aquí una sombra que profesa la ambición.

Y siguió, con voz fuerte:

—«*La filosofía es odiosa, oscura. / Derecho y medicina no sacian; / de las tres la peor es la teología: / desagradable, dura, ambigua, y vil. / Magia, la magia me ha cautivado!*»

Un estrépito de voces admiradas siguió a sus palabras como un aplauso. Las voces, como ecos, repetían sus frases. Marlowe siguió recitando:

—«*Hace mucho que me habría matado si el placer no venciese al desaliento...*»

Otro fuego de aplausos.

Entonces Luciani sintió como si la voz se lo llevara aparte, mediante una fuerza absoluta, un ramalazo de hielo: un abrazo lejos de los otros. Y ya la voz se hizo una remota confidencia:

—Ah Luciani, me parece que yo también he caído enfermo por exceso de soledad. Es que no logro soportarlos, ¿sabes? Este tiene que ser mi infierno. Hubiese preferido que me convirtieran en cigarra.

Y en eso todas las sombras detrás de Marlowe se fueron desvaneciendo, igual que Marlowe, desvaneciéndose: Luciani se preguntó si también él se desvanecía. Tenía la certeza de que otra fuerza poderosa lo llamaba, una voz lo convocaba o acababa de convocarlo por primera vez, y, sin embargo, multitudes de sombras se negaban a desaparecer, o desaparecían muy lentas, y se oían sus voces desgarradoras:

—Sólo venimos a escuchar, padre Luciani! Nos apena que te hayan dicho tantas raras cosas de nosotros, a ti, el nuevo huésped, tan original y tan paciente. Nada menos que un Papa! ¿Por qué nos incordian contigo? Si bien fuimos lo que dicen, ya no lo somos;

padecemos nuestra pena, expiamos el pecado. Nuestro único consuelo es escucharlos, Luciani, a todos ellos, que el genio ilumina, para luego comentarlos en la soledad de nuestra envidia! Pero ahora queremos oírte hablar y preguntarte del mundo, sólo ciertas cosas, sobre todo las de ese mundo tenebroso, el Vaticano. Luciani iba a contestar cuando oyó que volvían a llamarlo, desde lejos. Era la segunda vez que lo llamaban. Las sombras ya casi no se percibían, sus voces languidecían alrededor. Y ya era la tercera vez que lo llamaban.

—Perdónenme —alcanzó a decir. Y se ofuscó sinceramente de tener que marchar hacia el llamado, obedecer a la terrena voz que por tercera vez lo demandaba—. Me voy, me llaman.

—Espera, Luciani, háblanos!

—Ya vuelvo —dijo. Y, con tristeza infinita, como quien se separa del mundo más querido—: no creo que me demore, no podría.

—Albino Luciani, ¿estás muerto?

Era la tercera vez que el cardenal Villot preguntaba a Albino Luciani si estaba muerto.

Hacía sólo 54 días había pronunciado tres veces la misma pregunta al cadáver de Pablo VI. Y, para hacerlo, usó el mismo pequeño martillo de plata con que ahora golpeaba suavemente la frente del pontífice Albino Luciani, un golpe por cada pregunta. Era el sagrado ritual, la pregunta formulada durante siglos sobre cadáveres de Papas.

—Albino Luciani, ¿estás muerto? —preguntaba por tercera vez, y, por tercera vez, esperó durante un minuto la respuesta.

«Cómo puedo contestarte», le gritó Albino Luciani, «si estoy muerto.»

—El Papa Juan Pablo I está verdaderamente muerto —dijo Villot, finalizando el ritual.

Luciani los contemplaba desde el umbral de la puerta secreta, por donde acababa de entrar. Allí estaban, además de Villot, Paul Casimir Marcinkus, y el cardenal Cody, y los mafiosos Calvi, Gelli, y Sindona. Y estaba, además, su cuerpo, extendido y patético, su cuerpo distante, al que ya no quiso regresar. Allí agonizaba su obra, porque ya nadie, ninguno de los Papas venideros se arriesgaría a seguir la huella de sus sandalias en el polvo: «A veces el Señor escribe con polvo sus obras...».

—¡Y el viento borrará tus huellas, Luciani!

—¡El viento ya las borró!

Bogotá, 2013

Nota del Autor

Cuando el Papa Albino Luciani, Juan Pablo I, murió envenenado en septiembre de 1978, yo tenía veinte años de edad, y estaba enamorado: ni me enteré. Y me encontraba, sin embargo, escribiendo mi primer relato extenso, titulado: *Ausentes*. El relato trata de la visita que hizo a Colombia el Papa Pablo VI, antecesor de Luciani, en 1968. Cuando Pablo VI llegó a Bogotá, las autoridades escondieron en galpones y cárceles a todos los gamines, locos y locas y mendigos de la ciudad, para que el Papa no los viera a su paso. Con ese relato gané un premio nacional, y me vi publicado en forma de libro por primera vez. Treinta y cuatro años después volví a abordar el tema de un Papa, pero esta vez con una novela. El detonante fue la lectura que hice de la obra del escritor inglés David A. Yallop: *En nombre de Dios,* una investigación seria, que reflexiona con argumentos incontrovertibles acerca de la muerte de Albino Luciani, además de su vida y pensamiento, y cuestiona y denuncia el papel de la Iglesia católica, la Curia y la mafia italiana, ejecutoras del envenenamiento. Yallop es el *cronista lúcido* que menciono en mi obra. Para él mi principal agradecimiento.

Agradezco la información suministrada en la obra de los escritores Gordon Thomas y Max Morgan-Witts: *Pontífice.*

163

Si bien no comparto sus conclusiones respecto a la muerte de Luciani, gracias a ellos pude pasear a mis anchas por la biblioteca del Vaticano, asomarme a sus archivos secretos, o contar el número de puertas que hay en la Santa Sede. Me hubiese resultado difícil acudir en persona al Vaticano, a rogar que me permitieran entrar y verificar la realidad de sus infinitas escaleras y aposentos.

Fueron innumerables las obras que consulté acerca del Papa Luciani —cuando me decidí a enfrentar la novela: la mayoría lamentables y soporíferas, todas con un propósito comercial: si no se desprendían de la investigación ya adelantada por Yallop, como vacuas refundiciones, eran simples engaños editoriales, algunas pobremente noveladas. Hubo una que no voy a mencionar porque no vale la pena, respaldada y financiada por el mismo Vaticano, acaso con la intención de quebrantar la denuncia veraz del escritor Yallop.

De toda esta aventura apareció esta *Plegaria,* mi torpe pero sincera admiración por Albino Luciani, el Papa Juan Pablo I, envenenado.